시간 전달자

이상권 장편소설

시간
전달자

누군가가 우리에게
시간을 보내왔다!

별한서재

차례

시간 전달자

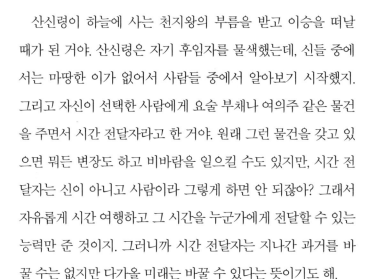

  산신령이 하늘에 사는 천지왕의 부름을 받고 이승을 떠날 때가 된 거야. 산신령은 자기 후임자를 물색했는데, 신들 중에서는 마땅한 이가 없어서 사람들 중에서 알아보기 시작했지. 그리고 자신이 선택한 사람에게 요술 부채나 여의주 같은 물건을 주면서 시간 전달자라고 한 거야. 원래 그런 물건을 갖고 있으면 뭐든 변장도 하고 비바람을 일으킬 수도 있지만, 시간 전달자는 신이 아니고 사람이라 그렇게 하면 안 되잖아? 그래서 자유롭게 시간 여행하고 그 시간을 누군가에게 전달할 수 있는 능력만 준 것이지. 그러니까 시간 전달자는 지나간 과거를 바꿀 수는 없지만 다가올 미래는 바꿀 수 있다는 뜻이기도 해.

어느 미친 하루

　장례식장 앞에서 마주친 교상이가 왜 이렇게 늦었냐고 쏘아댔다. 순간 확 짜증이 났다. 휴대전화를 꺼내보니 12시 29분이다.

　우리는 지난 삼 일간 오후 2시를 기준으로 장례식장에 모였다. 그래도 문상객이 뜸한 시간이라 일이 거의 없었다. 어젯밤에 헤어질 때도 별다른 말을 하지 않았다. 그런데 오전 11시쯤 눈을 떠서 휴대전화를 열어보니 12시까지 모이라는 카톡이 와 있었고, 그때부터 나는 밥도 먹지 않은 채 허겁지겁 나왔는데 이렇게 타박부터 받자 짜증이 폭발할 것 같았다.

　나는 선생님을 생각하고는 간신히 참았다.

　"에이 씨! 존나 일이 꼬이네!"

　교상이는 얼굴을 찌푸리면서 화장실 쪽으로 걸어갔다.

　　　　　　　　　　　　　　　시간 전달자

나는 장례식장 현관 휴게실에 앉아 있는 다른 친구들을 보았다. 주울이는 슬쩍 한 번 손을 들어 보였고, 항이는 두툼한 입을 어설프게 벌리면서 "안녕, 안녕, 안녕!" 하고 정확하지 않은 발음을 되풀이해서 굴려냈다.

나는 그것을 무시하면서 주울이한테 무슨 일이 생겼냐고 물었다.

주울이는 자기도 잘 모르겠다고 고개를 흔들었다.

선생님은 이야기할 때마다 함박꽃 봉오리처럼 입을 동그랗게 모으는 버릇이 있었는데, 그것 때문인지 몰라도 백발에다 주름이 자글자글해도 꼭 소녀 같았다.

"얘들아, 많이 놀랐지? 괜찮아. 의사는 나한테 한 달을 넘기지 못할 것이라고 했는데, 두고 봐라. 의사도 실수할 수 있다는 것을 내가 보여줄 테니까!"

재작년, 중학교 2학년 때였다. 말기암이라는 소식을 듣고 병원으로 달려간 우리들이 청개구리처럼 울어대자, 선생님은 그렇게 우리를 달랬다. 실제로 몇 개월이 지나자 우리는 선생님의 말이 맞았다고 하면서 의사더러 돌팔이라고 비아냥거렸다.

그리고 지난 4월 어느 날 선생님은 우리를 자작나무 숲으로 불렀다. 선생님은 우리의 얼굴을 모두 쳐다본 다음 자작나무 숲 입구 언덕배기에 있는 오래된 무덤 쪽으로 눈길을 주었다.

"저 무덤이 상사할아버지의 무덤이라는 것은 잘 알지? 내가 존경했던 분이란다. 그분이 너무 쓸쓸해 보여서, 내가 그 옆에 묻히기로 했단다. 그러니까 너희들이 무덤가에다 예쁜 꽃들을 많이 심어주고, 자주 와서 놀아주렴. 알았지?"

나는 그 말을 들으면서 어쩌면 진짜 선생님이 죽을 수도 있다는 생각을 했다. 그러다가 삼 일 전 여름방학이 시작되자마자 이안이한테 선생님이 돌아가셨다는 연락을 받았다.

그리고 삼 일이 지났는데도 아직 발인 날조차 잡지 못하고 있는 상태였다.

교상이가 휴게실로 오더니 당장 지하 주차장으로 이동하자고 했다.

나는 교상이를 다시 올려다보았다. 재작년까지만 해도 나보다 작은 것 같았는데, 짧은 시간 내에 이렇게 성장할 수 있는지 그저 신기할 따름이다.

어젯밤까지만 해도 자작나무 숲 아래에 있는 동산마을 사람들이랑 이야기가 잘 풀렸다. 그래서 곧 장례식이 마무리될 것 같았는데, 갑자기 오늘 아침에 그들이 태도를 바꾼 모양이다.

"양아치 새끼들! 돈 뜯어내려고 하는 것 같은데, 막상 이안이 아빠가 천만 원 내놓겠다고 하니까 돈 때문이 아니라고 거절했다니! 대체 무슨 꿍꿍이속인지 모르겠어!"

"그럼, 어쩌라는 거야!"

나도 모르게 살짝 얼굴을 찌푸렸다.

"그래서 아침에 이안이가 나한테 전화를 한 거야. 오늘 외지인들을 설득하러 가는데, 우리도 참여했으면 좋겠다고. 상주들뿐만 아니라 평소 선생님을 따르던 제자들까지 나서면 외지인들도 달라질 수 있다고 판단한 거지."

교상이의 입에서 나온 외지인이란 다른 곳에서 살다가 마을의 땅을 구입해서 전원주택을 짓고 사는 사람들을 뜻하는 말이다.

지하 주차장에서 김 사장이라고 부르는 이안이 아빠가 우리한테 손짓했다. 머리통 중앙이 빤질빤질하게 드러날 정도로 머리숱이 없어서 그런지 유독 나이가 들어 보였다.

나는 이안이 아빠가 운전하는 차에 타자마자 눈을 감았다. 얼마나 꾸벅꾸벅 졸았는지 모른다. 눈을 떴을 때는 차가 우리 동네를 가로지르는 고속도로를 빠져나오고 있었다. 부동산 사무실마다 '강남까지 5분 거리'라는 분양 광고를 내걸 수 있게 된 것도 몇 년 전에 완공된 이 고속도로 때문이다.

도시로 편입된 지 이십 년이 되어가는데도 아직까지 동 이름 대신 옛 마을 이름으로 불리고 있지만, 금싸라기 땅이 되어버렸으니 이제는 돈이 없으면 들어올 수가 없는 곳이다. 한때 조상들 덕에 떵떵거리면서 살았던 원주민들은 거의 다 떠나버렸고, 이제는 대여섯 집 정도만이 간신히 명맥을 유지하고 있다.

마을을 질러가자 새로 지어진 전원주택 단지들이 나왔다. 그곳은 십 년 전까지만 해도 공동묘지에 가까운 뒷동산이었다. 그러나 내가 열 살 때, 마른장마 끝에 들이닥친 폭우는 그곳의 질서를 완전히 무너뜨렸다. 산사태로 대부분의 유골은 찾을 수도 없었다. 문중 사람들은 간신히 찾아낸 유골들을 모아서 화장한 다음 자그마한 납골당에다 안치해놓고는 기다렸다는 듯이 그 땅을 팔아버렸다. 그 땅 대부분을 구입한 건설회사는 무덤 터야말로 최고의 명당자리라면서 동산마을이라는 이름을 내걸었다.

대여섯 명의 문중 사람들이 동산마을 경비실 앞에서 서성거리고 있었다. 동산마을 사람들은 문중 사람들을 원주민이라고 불렀다. 그러니까 여기에 모인 우리 친구들은 모두 원주민이었다.

문중에서 가장 어른인 아재가 상주들을 보고는 가래가 끓는 목소리를 긁어냈다.

"이따가 그 사람들 보면…… 카앗, 칵! 무조건 무릎 꿇으라고들. 그 정도 했는데도, 카악! 아이고 목이야, 하여간 그래도 안 들어주면 그건 인간이 아녀!"

아재가 앞장서서 동산마을로 들어섰다.

행렬은 마을 가장 뒤쪽에 우뚝 솟은 4층 대리석집 앞에서 멈

시간 전달자

추었다. 교상이가 S대학 교수네 집이라고 귀띔했다. 이 마을 대표인 외삼촌을 따라서 한 번 가본 적이 있다고 했다.

이윽고 대학 교수라는 사람이 나왔다. 그러자 상주들이 삼겹살을 지져 먹어도 될 만큼 뜨거운 아스팔트 바닥에 무릎을 꿇기 시작했다. 우리들도 무릎을 꿇었다.

교수라는 사람은 당황하면서 이게 뭐 하는 짓이냐고 물었다. 이안이 아빠가 오죽하면 우리가 이렇게까지 하겠느냐면서 제발 너그럽게 헤아려달라고 고개를 숙였다.

나는 어서 이 황당한 벌칙이 끝나기만을 기다렸다. 솔직히 내가 얼마나 참아낼 수 있을지 장담할 수 없었다. 내 몸이 아이스크림처럼 녹아서 해체되는 것만 같았다. 그래도 선생님을 생각하고 "조금만, 조금만……." 그렇게 중얼거리면서 참았다.

"어머니께서 이미 관이 들어갈 자리까지 지목하셨어요. 그러니 너그럽게 이해해주십시오. 부탁드립니다!"

이안이 아빠가 마치 신분제 사회에서 천민이 양반에게 굽신거리듯이 하고 있었다.

교수라는 사람은 마을 사람들이 거의 다 반대하기 때문에 어쩔 수 없다고 말했다. 바늘로 찔러도 피 한 방울 나올 것 같지 않은 표정이었다.

그러자 아재가 헛기침을 해댔다.

"에에, 어 큼큼! 여기 자작나무 숲은 고인께서 직접 키우

신 것입니다. 그래서 여기에 잠들고 싶었던 모양입니다. 그러
니……."

아재의 말이 끝나기도 전에 교수라는 사람이 말꼬리를 낚아
챘다.

"그 말은 어제도 들어서 알고 있습니다만, 어쨌든 무덤이 들
어서면 미관상 좋지도 않고, 지하수도 오염될 수가 있으며, 무
엇보다도 법에 어긋나는 것이잖아요?"

문중 사람들이 술렁거렸다. 지하수를 오염시킨다는 말이 그
들을 자극한 셈이다.

"아니, 근처에 묘 하나 들어선다고 지하수가 오염되요? 그
럼 옛날 사람들은 다 오염된 물을 마시고 살았다는 뜻이네요!"

"세상에, 어거지도 그런 어거지가 어딨어요!"

그러면서 험한 말까지 튀어나오기 시작했다. 교수라는 사람
은 그걸 기다렸다는 듯이 집 안으로 들어가버렸다. 그러자 문
중 사람들이 마구 욕설을 퍼부어댔으나 그렇다고 해서 위로받
을 수는 없었다.

누군가 불쌍한 선생님이라고 중얼거렸다. 지금 상황으로 봐
서는 선생님이 원하는 곳에 묻히기란 거의 불가능해 보였다.
그 숲으로 가기 위해서는 반드시 이 마을을 통과해야만 하기
때문이다. 우리가 할 수 있는 게 아무것도 없다는 사실이 더 절
망적이었다.

시간 전달자

이안이 아빠가 웅성거리는 사람들에게 자작나무 숲으로 가 보자고 소리쳤다. 일꾼들이랑 동산마을 사람들 간에 충돌이 일어난 것 같다고 덧붙였다.

동산마을 후문을 나오기도 전에 숲에서 메아리치고 있는 고함 소리가 들렸다.

"거기 땅 파지 말라고 했잖아요! 말 안 들려요!"

땅딸막한 사람이 빨간 모자를 손에 들고 소리쳤다. 교상이가 "헉!" 하고 비명을 지르듯이 입을 벌렸다. 주울이가 왜 그러냐고 했다. 교상이는 손으로 입을 꼭 막고 있다가 고개를 흔들면서 자기 외삼촌이라고 속삭였다. 그러고 보니 교상이 엄마랑 많이 닮았음을 알 수 있었다.

일꾼 하나가 동산마을 대표 앞으로 가서 삿대질했다.

"세상에 문중 산에다 묘를 쓰겠다는 것을 막는 인간들이 어딨어! 인간 말종이 아니고서야……."

"말씀 함부로 하지 마세요. 우린 법대로 할 뿐입니다."

동산마을 대표는 험악하게 인상을 쓰거나 목청을 높이지 않았지만, 비릿하게 웃는 눈빛 속에는 상대를 얕잡아보는 그 특유의 비정함이 은폐되어 있었다. 그러자 삽을 든 일꾼의 입에서 "당신들은 부모도 없소! 이거 옛날 같으면 당신들 다 능지처참 당했을 거야!" 하고 씩씩거렸다.

동산마을 대표는 전혀 눈빛이 흔들리지 않았다. 심지어 그

일꾼이 제 분을 참지 못하고 먹살이라도 잡을 기세로 달려들 때에도 여유 있게 상대를 막아서 밀어냈다.

그제야 일을 지휘하고 있던 문중 총무가 헛기침을 하면서 어기적어기적 걸어왔다. 큰 키에다 탄탄한 근육질 몸이 단숨에 상대를 주눅 들게 했다. 게다가 왼쪽 어깨에 수놓아진 문신까지 드러나자 동산마을 대표는 움찔 놀라면서 뒷걸음질 쳤다.

문중 총무가 이렇게 든든해 보이기도 처음이었다. 사실 아재하고 달리 아들인 총무는 그리 평판이 좋지 않았다. 시내에서 살고 있는 총무는 늘 렌트한 고급 승용차를 몰고 아재네 집으로 출근하다시피 했는데, 도대체 그가 무슨 일을 하는지 아는 사람은 거의 없었다. 아재도 아들 이야기만 나오면 한숨 타령을 할 뿐이었다.

문중 총무가 어디 할 말이 있으면 더 해보라고 동산마을 대표한테 걸어갔다. 그러자 그가 살래살래 고개를 흔들면서 달아나버렸다. 그걸 본 문중 사람들의 눈빛은 '오랜만에 총무가 사람다운 일을 한 번 했구먼!' 하는 표정이었고, 일부는 환하게 웃으면서 박수라도 칠 기세였다.

하지만 잠시 뒤에 동산마을 대표랑 교수라고 하는 사람이 구청 직원을 앞세우고 나타나자, 문중 사람들은 착잡한 표정으로 한숨만 내뱉었다. 누군가를 욕하는 것도 이젠 지쳐버렸다.

시간 전달자

아재가 상주들을 비롯하여 몇몇 문중 사람들과 뭔가 이야기를 했다. 그들의 이야기는 길지 않았다. 이윽고 아재가 붉게 충혈된 눈을 문질러대면서 말했다.

"큼! 큼! 내일은 큰비가 온다고 예보도 돼 있고, 또 저 사람들하고도 더 부딪히면 불상사가 생길 수도 있으니깐!"

아재는 잠시 말을 멈추고는, 자글자글 주름이 끓고 있는 얼굴을 들어 숲을 한 번 둘러보더니 아주 단호한 표정으로 지금 당장 일을 진행하겠다고 말했다. 문중의 최고 어른으로서 이제는 그 어떤 일이 있더라도 정면 돌파하겠다는 선언을 한 셈이다.

"근데 관은 어디로 운구할 생각입니까? 동산마을로는 올 수 없잖아요?"

"길이 없으면 하늘을 통해서라도 가야지요."

그런 다음 우리들을 보고는 교상이랑 항이는 관을 옮기는 일을 해야 한다고 했다. 항이는 헤헤헤 웃으면서 고개를 끄덕거렸다. 교상이는 입을 꾹 다물고 있었다.

우리는 아재를 따라 산길로 접어들었다. 그 길은 지난 십여 년간 우리들의 발소리가 살았던 곳이었다. 눈에 보이는 나무 하나하나 친구들 같았다. 한참 가다가 뒤돌아보니 예닐곱 명의 어른들이 따라오고 있었다.

산 중턱에 와서야 아재는 숨을 몰아쉬면서 옆으로 기울어진 나무에다 등을 기댔다.

"아이고, 숨 차라! 어허, 카악, 칵! 옛날 내가 어렸을 때는 장에 가려면 이 장군봉을 넘어야 했지. 그 옛길이 있거든. 다행히도 장군봉 뒤로 산림도로가 나 있으니까."

운구차가 산림도로를 이용해서 가능한 곳까지 진입하면 그다음부터 우리가 관을 운반하면 된다는 뜻이었다. 그제야 우리는 뒤따라오는 어른들이랑 힘을 합쳐서 관을 들고 이 길을 내려와야 한다는 것을 알았다.

산림도로는 정확하게 자작나무 숲이 시작되는 골짜기 앞에서 끊어져 있었다.

관을 운구할 사람은 여덟 명으로 확정했다. 우리가 산림도로가 끝나는 곳에 도착해서 채 숨을 고르기도 전에 운구차가 올라왔다. 뒤따라서 승합차에 탄 상주들이 내렸다.

운구차에서 관이 나오고, 운구할 사람들이 관에 묶인 하얀 끈을 하나씩 잡는 순간 나도 모르게 입이 열렸다.

"아재, 저도 하고 싶어요! 조금이라도 선생님을 모시고 싶어요."

그러자 순간적으로 정적이 흘렀고, 누군가 감탄사와 함께 기특하다고 말했다. 미처 그런 생각을 못했는지 주울이는 당황하다가 이내 고개를 끄덕거렸고, 아재랑 총무가 눈빛을 주고받았다. 그러더니 우리에게 교대로 참여하라고 했다.

이안이가 선생님의 영정 사진을 들고 맨 앞에 섰다.

나는 작년 봄에도 선생님을 업고 자작나무 숲을 돌아다닌 적이 있었다. 선생님은 키가 나보다 한 뼘이나 작았을 뿐만 아니라 몸도 깡말라서 전혀 무게감이 느껴지지 않았다. 그런 경험이 있기 때문에 팔이 빠지도록 무게감을 느끼게 하는 이 관 속에 선생님이 있다는 것을 받아들일 수 없었다.

나는 걸핏하면 넘어졌다. 그때마다 어른들은 서두르지 말고, 박자에 맞추듯이 천천히 걸어가라고 했다. 우리는 이십 분을 가고 십 분간 쉬었다. 그때마다 주울이랑 나는 교대했다. 그렇게 아홉 번을 쉬고 나서야 그 언덕에 도착할 수 있었다.

나는 선생님의 관이 땅속으로 사라지는 것까지 확인하고는 자작나무 숲으로 가서 누워버렸다. 그러자 마른 나뭇잎이 속삭이는 소리가 들렸다.

숲에서 어린 시절을 보낸 우리들은 빗소리가 그렇게 시작된다는 것을 잘 알고 있었다.

***

나는 마을버스를 타자마자 창밖으로 눈길을 돌렸다. 마을 뒤쪽에서 연기가 나고 있었다. 나도 모르게 "불이야!" 하고 소리쳤다. 어찌된 일인지 모르겠지만 나는 어느새 공간이동을 하여 불이 난 곳으로 뛰어가고 있었다.

"큰일났다! 불길이 장군봉으로 옮겨 붙었다!"

누군가 그렇게 소리쳤다. 그곳에는 사백여 년이 넘은 소나무 숲이 있었다.

뒷동산을 꿀꺽 삼킨 불길은 곧장 건너편에 있는 장군봉을 공략하기 시작했다.

수많은 사람들이 달려와서 불을 끄려고 했으나, 그 기세를 꺾을 수가 없었다. 사람들 표현대로 숲은 눈 깜짝할 새 까맣게 침몰하고야 말았다.

나는 장군봉 꼭대기에 있는 미륵바위 밑에 주저앉았다.

문중 어른들은 해마다 그곳에서 시제를 지냈고, 임진왜란 때 큰 공을 세워서 후손 대대로 먹고살 수 있도록 수많은 땅을 물려준 장군에게 고마워했다. 장군은 그 바위 밑에서 태어났으며, 죽어서도 그곳에 묻혔다는 전설이 있었다.

사람들은 숲이 그 바위를 모시고 있다고 생각했고, 결국 그 산 덕분에 조선시대에 무과 급제자가 수백 명이나 나왔다고 믿고 있었다. 그런 숲이 홀라당 타버렸으니 다들 넋이 나간 표정이었다.

내가 어른들을 따라서 마을로 내려오자 서에서 나온 경찰들이 보였다.

"불 낸 애들을 잡으러 왔습니다!"

"군수님이 직접 불 낸 애들을 잡아서 엄하게 처벌하라고 지

시를 내렸습니다!"

나는 경찰하고 눈이 마주치자 "난 안 그랬어요!" 하고 소리 쳤다.

마을회의가 소집되었다. 불을 낸 아이들이 회관 앞에 꿇어 앉아 있었다. 여자가 두 명, 나머지 다섯은 남자들이었다. 죄다 고개를 숙이고 있어서 얼굴을 볼 수는 없었다.

그때 상사 계급장이 달린 군인 모자를 쓴 할아버지가 걸어 나왔다. 누군가 설명해주지 않아도 그분이 상사할아버지라는 것을, 나는 알았다.

"우리는 너무도 소중한 숲을 잃어버렸습니다. 그렇다고 우리 의 미래를 잃어버릴 수는 없습니다. 아이들은 우리의 미래이기 때문입니다."

그분의 목소리는 전혀 군인답지 않고 낮았는데, 그래서 오히 려 울림이 있었다.

"숲은 사라졌지만 다시 살려낼 수 있습니다. 불을 낸 아이와 그 가족이 책임을 지고 저 숲을 살려내겠다는 약속을 우리에게 해야 합니다. 여러분이 허락하신다면, 제가 군수님을 만나서 우리의 뜻을 전하고 반드시 그렇게 되도록 담판을 짓고 오겠습 니다."

거기까지 듣고 눈을 떴는데, 상사할아버지의 목소리가 계속 고막에서 울리는 것 같았다. 내 몸에서 연기냄새가 났다.

나는 창가에 나란히 놓여 있는 작은 화분들을 보면서 말도 안 된다고 몇 번이나 중얼거렸다. 화분에 있는 선인장들이 대체 무슨 꿈인데 그러냐고 묻는 것만 같았다.

선생님이 갖고 있었다는 요술 부채는?

　나는 초등학생 때보다 중학생이 된 이후부터 오히려 선생님 이라는 존재를 더 살갑게 느낄 수가 있었다. 부모님에게 하지 못하는 말도 선생님에게 풀어놓았고, 학교에서 무슨 일이 생기 면 늘 찾아가서 재잘재잘 늘어놓았다. 그런 선생님이 사라져버 렸다는 현실이 아직도 믿어지지 않았다. 다른 친구들도 마찬가 지였을 것이다. 오직 항이만이 아무런 일도 없었던 것처럼 하 루에도 수십 통씩 카톡을 날렸다.

　　—태풍 올라올 수도 있어. 장마는 끝났고, 돌풍 주의해야 해.

　　—북한이 또 미사일 발사했어. 트럼프 엄청 화났대.

　　—정부에서 명절에는 고속도로 통행료 면제해준대.

항이가 보내는 카톡 내용은 아주 다양했다.

항이랑 가장 친한 이안이 말에 의하면, 그는 컴퓨터광인데 게임은 전혀 하지 않고 인터넷에 접속하여 종일 트로트 노래를 하거나 이것저것 검색만 한다고 했다. 그러면서 가끔은 지적 수준이 초등 2~3학년 수준에 머물러 있는 자폐아라고는 믿어지지 않을 때도 있다면서, 무엇인가를 판단하는 능력은 떨어지지만 무엇인가에 집중해서 무서울 만큼 파고들 때 보면 전혀 다른 사람이 되어버린다고 했다.

시간이 흐르고 우리들은 빠르게 변해가고 있는데, 어쩌자고 그 아이는 오래된 그 시간 속에 머물러 있는지 모르겠다. 물론 키도 더 커졌다. 겨드랑이에서 뿜어져 나오는 남자들 특유의 페로몬도 강렬해졌다. 그렇게 겉모습은 비슷하게 흘러가는데 생각하고 공유하는 것들은 점점 우리하고 멀어지고 있었다.

아무튼 저녁을 라면으로 때우고 침대에서 뒹굴던 나는 벌떡 일어나서 벌써 삼십 분이 넘도록 항이가 보낸 카톡을 곱씹고 있었다.

─그놈들이 오늘도 선생님 묘를 찍어 갔어.

그 카톡을 처음 확인했을 때는 "얘가 지금 무슨 장난치는 거야!" 하고 휴대전화를 팽개쳤다가, 항이가 지금까지 살아오면서 단 한 번도 거짓말을 해본 적이 없다는 사실을 떠올렸다.

— 이게 무슨 소리야?

내 말을 기다렸다는 듯이 카톡이 쏟아지기 시작했다. 다들 놀라고 당황하면서 그것이 사실이냐고 항이한테 물었다. 신기하게도 당사자인 항이는 한 마디 대꾸가 없었고, 대신 이안이가 그런 상황을 정리해주었다.

— 항이 말이 맞아. 그래서 너희들한테도 연락 못했어. 이 일이 정리되
  면 하려고 했는데, 좀처럼 정리가 되지 않는 거야.
— 아니, 대체 무슨 말이야?
— 동산마을 사람들이 지금도 할머니 묘를 이장하라고 하고 있어. 묘를
  만들려면 주택에서 2백 미턴가 3백 미턴가 떨어져야 한대. 안 그러
  면 불법이래.
— 진짜 개황당하네! 근데 동산마을에서 진짜 요구하는 게 뭐야?

이안이는 모르겠다고 하면서 기왕 말 나온 김에 다 같이 보자고 했다. 부모님이 친구들한테 고맙다는 뜻을 몇 번이나 전했다고 하면서 맛있는 것을 사주라고 신용카드를 줬다고 했다. 다른 친구들은 상황이 그렇게 된 줄 몰랐다고 하면서 내일 당

장 보자고 했고, 약속 장소는 최근에 생긴 고기 뷔페 집으로 결
정했다.

그때 갑자기 항이가 카톡을 보냈다.

—우리 비밀 아지트에서 봐! 아지트! 아지트!

지금까지 한 마디도 하지 않더니, 모든 것을 다 결정하고 나
자 그놈은 막무가내로 우겨댔다. 한동안 다들 아무런 말도 보
내지 않았다. 보지 않아도, "뭐야, 이 또라이 새끼!" 하며 투덜거
리고 있음을 알 수 있었다. 나도 처음에는 그랬다. "항이 얘는
꼭 이러더라? 이런 날씨에 어떻게?" 그렇게 내뱉으면서 말도
안 된다고 생각했지만, 시간이 지나면 지날수록 우리의 아지트
가 떠올랐다.

그러고 보니 지난봄에 진달래꽃이 피었을 때 가보고는 지금
까지 가보지 못했다. 중학생 때만 해도 수시로 갔다. 새삼 고등
학생이라는 중압감이 얼마나 사람을 옭아매고 있는지 알 수 있
었다. 고등학생이라는 일상이 평일에는 도저히 그런 시간을 허
락하지 않았고, 주말에도 오후에는 학원을 가야 하기 때문에
오전에 부지런을 떨어야만 갈 수 있었다.

—오, 아지트! 그래, 우린 작년까지만 해도 늘 거기서 만났는데. 다들

의견 내봐. 난 괜찮아. 날이 좀 덥기는 하지만 그 정도는 참을 수 있잖아?

내가 먼저 반응을 보였다. 친구들 역시 같은 생각이었다.

이안이는 1차 모임을 우리의 아지트에서 하고, 2차 모임은 시내에 있는 고기 뷔페에서 하겠다고 했다. 그리고 날씨도 덥고 숲에서 많이 걸어야 하기 때문에 시내까지는 엄마한테 부탁해 승용차로 이동하겠다는 말도 덧붙여서 우리의 박수를 받았다.

선생님의 무덤 앞에는 네 개의 꽃다발이 나란히 놓여 있었다.

나는 각각의 꽃다발을 보고 누가 만들었는지 알 수 있었다. 왼쪽 끝에 가장 꽃이 풍성한 것은 주울이의 작품이다. 주울이가 아니라면 그렇게 다양한 풀꽃을 모을 수도 없다.

그다음에는 하얀 도라지꽃 한 송이가 길쭉한 풀에 묶여 있다. 교상이는 아주 어렸을 때부터 그런 식으로 꽃다발을 만들었다.

그 옆에 놓인 것을 보자 항이가 떠오른다. 주울이가 만든 것만큼 꽃다발이 풍성한데 도무지 그 배합이 맞지 않고 엉성하다. 특히 들꽃의 줄기 아래쪽을 야무지게 묶어야 하는데 항이는 늘 그 마무리를 하지 못했다.

나머지는 이안이의 작품인데, 유독 꽃다발이 짧다. 강아지풀이나 바랭이 같은 볏과식물의 풀 사이에다 노란 꽃을 섞어서 만들었는데, 꽃다발이 워낙 짧아서 두 손으로 잡아야만 했다. 꽃다발이란 그렇게 두 손으로 주고 두 손으로 받는 것이라고 하면서, 나름대로 궁리하여 만들어낸 것이다.

내가 만든 꽃다발에는 나무열매가 많이 섞여 있다. 친구들은 그것을 보면 "이건 빈새 꺼야!" 하고 쉽게 알 것이다.

나는 그것을 무덤 앞에다 놓았다. 선생님의 무덤 옆에 있는 상사할아버지의 무덤을 잠깐 내려다보았다. 북향에다 응달인데도 제법 잔디가 고르게 자라고 있었다.

나는 꿈에서 보았던 상사할아버지를 잠깐 떠올리면서 자작나무 숲길을 오르기 시작했다.

자작나무 숲을 넘어서자 산딸나무로 대표되는 숲이 더욱 짙게 하늘을 가리고 있었다.

엄마는 그곳을 '빈새네 산딸나무숲'이라고 불렀다. 내가 태어나기 전까지는 '행자네 숲'이었다고 했다. 그 숲을 가꾼 사람이 엄마였기 때문에, 엄마의 이름을 따서 그렇게 불렸다고 했다. 지금이야 자작나무 숲, 산딸나무 숲, 소나무 숲, 참나무 숲…… 그런 식으로 불리고 있지만 십여 년 전까지만 해도 그렇게 숲을 일군 사람의 이름을 붙여서 부른 모양이다.

어쨌든 나는 그런 말을 들을 때마다 이 숲이 모두 내 것인

시간 전달자

양 뿌듯해지면서도 왜 오빠 이름을 붙이지 않았는지 궁금했다. 엄마 대답은 간단했다. 오빠는 숲을 좋아하지 않으니까 당연한 것이라며 웃었다.

항이네 소나무 숲으로 넘어가자마자 산토끼 한 마리가 뛰쳐나갔다. 나는 깜짝 놀라면서도 그 토끼가 눈에 익은 것만 같아서 반가웠다.

그 숲을 지나면 교상이네 참나무 숲이고, 그곳을 지나면 주울이네 단풍나무 숲이 나온다. 그 단풍나무 숲 너머에도 두 개의 골짜기가 더 있다. 하지만 우리는 보통 그 단풍나무 숲까지만 갔다.

주울이네 단풍나무 숲에서 위쪽으로 올라가자 골짜기가 좁아지면서 양쪽으로 가파른 벼랑이 나타났다. 아래쪽에서 보면 도저히 사람이 올라갈 수 있는 길이 아니다. 그러나 어디에나 산에 사는 동물들이 다니는 길이 있기 마련이고, 우리는 그 길이 얼마나 안전한지도 잘 알고 있다. 우리는 숱하게 바위를 지나고 나서야 왼쪽 벼랑 아래로 나올 수 있었다.

그리고 무리들 중에서 가장 나이가 들어 보이는 돌배나무 뒤를 돌아서 벼랑 아래 움푹 파인 곳으로 들어가자 제법 넓은 동굴이 나타났다. 바깥에서는 입구가 워낙 낮아서 그 안에 동굴이 있을 것처럼 보이지 않지만 몸을 낮추어서 들어가면 호랑이 몇 가족이 살 수 있을 정도로 넓은 굴이 나타난다.

그곳이 바로 우리의 아지트다.

나는 아지트에 들어서자마자 "야아, 내가 왔다!" 하고 소리쳤다. 내 목소리가 동굴 안에서 몇 번이나 울렸다. 그 메아리를 듣고 싶어서 일부러 소리쳤던 것이다.

항이가 "어더, 어더 오십띠오!" 하고 마치 손님을 맞이하듯이 고개를 숙였다. 벽 네 귀퉁이에 걸려 있는 LED 전등 빛이 너무 환해서, 타원형의 나무탁자 앞에 앉아 있는 친구들 얼굴이 또렷하게 보였다. 바닥에는 스티로폼이 깔려 있고, 침낭이랑 만화책을 비롯해 동화책 몇 권이 뒹굴고 있었다. 벽에 책꽂이처럼 2단으로 길쭉하게 놓여 있는 판자 위에는 텐트를 비롯해 해먹, 코펠, 누군가의 옷들이 종이상자에 담겨져 있었다.

아지트는 잘 정리되어 있었다. 누군가 꾸준히 와서 신경을 썼다는 뜻이었다.

나는 흘깃 항이를 보고는 어깨를 툭 쳐준 다음 친구들을 보았다.

교상이가 먼저 입을 열었다. 교상이는 그동안 동산마을 대표인 외삼촌 때문에 많이 힘들었다고 하면서 미안하다고 목소리를 낮춰서 말했다. 그러고는 우리가 뭐라고 할 틈도 없이 엄마도 황당해하면서 외삼촌이랑 말싸움을 했다는 것까지 덧붙였다. 우리는 잠깐 침묵하면서 교상이의 처지를 이해해주려고 애를 썼다.

그 침묵을 깬 것은 주울이었다.

"난 아직도 선생님이 돌아가셨다는 것이 믿어지지 않아. 게다가 그때 남친이랑 헤어진 지 얼마 되지 않아서…… 한마디로 장례식 치르는 내내 제정신이 아니었어. 근데 말이야, 선생님 묘는 이제 어떻게 되는 거야?"

이안이는 한동안 어두운 표정을 짓고 있다가 입을 열었다. 구청에서는 불법이므로 무덤을 이장하라는 통지서를 보내왔다고 했고, 아빠는 변호사까지 고용했는데 상황이 좋지 않다고 했다.

주울이는 "설마, 선생님의 무덤을 다시 옮겨야 하는 사태까지 벌어지지는 않겠지?" 하고 물었다가 이안이가 아무런 말을 하지 않자, 경련을 일으키듯이 입술을 부들부들 떨었다. 장군봉의 그 거대한 숲을 일궈낸 선생님이 왜 이런 대접을 받아야 하는지 화가 난다고 하면서.

다시금 침묵이 흘렀고, 천정에서 떨어지는 물방울 소리만이 시간의 흐름처럼 들렸다.

교상이가 침묵을 깼다.

"나만 그랬는지 모르겠지만…… 선생님 장례식을 방해하는 사람들이 떠오르면 막 화가 나다가도 우리 친구들을 보고 있으면 묘하게도 안심이 되고 그랬어. 근데 그것은 부모님을 생각했을 때 드는 느낌이랑 또 달랐어. 참 묘했어. 그런 느낌들이……."

교상이의 입에서 한마디 한마디가 나올 때마다 우리는 추임새를 넣듯이 "맞아!" 혹은 "그랬어!" 하면서 웃어댔다.

우리는 그렇게 한동안 수다를 떨어댔다. 그러다가 주울이가 배고프다고 했다. 나도 이제 일어나자고 했다. 그때 이안이가 뭔가 미적거리더니 "혹시 우리 할머니한테 뭐 받은 사람이 있어?" 하고 물었다.

"야, 그게 무슨 말이야?"

교상이가 일어서다가 다시 앉으면서 물었다.

이안이는 다시 뭔가를 망설이는 듯한 표정이었다.

"아, 그러니까 요술 부채 같은 것! 아빠가 그런 걸 할머니가 갖고 계셨다고 하는데, 아무리 찾아도 없으니까 나한테 물으시더라고. 혹시 친구들한테 줬을 수도 있으니까 물어보라고. 하여튼 엄청 중요한 것인가 봐. 아빠가 할머니 방을 몇 번이나 뒤집어엎었는지 몰라."

"야, 그렇게 중요한 거라면 너희 아빠나 너한테 주지, 왜 우리한테 주겠니? 상식적으로 안 그래? 이야기 들어보니까 가보 같은데."

주울이의 말에 나도 고개를 끄덕였다.

주울이가 이제 일어나자고 했을 때였다. 항이가 다시 "저요!" 하고 큰 소리로 외치면서 손을 들었고, 우리는 모두 탁자를 치면서 웃어버렸다. 항이는 몇 번 어깨를 흔들고 산만하게 주위를 두리번거리면서 "당군님이 큰일났어!" 하고 말했다. 우리는 그 말이 무슨 뜻인지 알 수 없었다. 주울이가 천천히 말해보라고 했다. 그러자 다시금 "당군님이 비 맞았대!" 하고 말했다.

"저 새끼 또 엉뚱한 소리 하네. 야, 무슨 말이야? 카톡에는 또 박또박 글을 잘도 쓰잖아! 야, 정확히 좀 말해봐!"

교상이가 항이를 쏘아보자 이안이가 손짓하면서 나섰다.

"항아! 무슨 말이야, 장군님이 비를 맞았다니?"

항이는 얼굴이 빨개지면서 말까지 더듬었고 자기 나름대로 뭔가 설명을 하려고 했으나 그 이상의 말을 이어가지는 못했다.

***

"캄캄해서 잘 안 보이지? 이럴 때는 눈을 닫고 귀를 열어야 해!"

선생님이 먼저 자작나무 숲 바닥에 누웠다. 아이들도 누웠다. 선생님은 한 달에 한두 번씩 우리들을 데리고 숲에 왔지만 이렇게 누워 보기는 처음이다.

그렇게 얼마나 누워 있었을까. 슬슬 지루해질 무렵에 뭔가 바스락거렸다. 그 소리가 사라지자 또 다른 곳에서 뭔가 바스락거렸고, 까만 손수건 같은 것이 나무와 나무 사이로 날아갔다. 주울이랑 나는 부엉이라고, 남자들은 귀신이라고 했다.

바람이 살랑살랑 불어오자 갑자기 자작나무들이 걸어 다니기 시작했다. 그러다가 내가 눈을 부비자 그들은 서로의 어깨가 맞닿을 정도로 빽빽하게 모여들었다.

아이들은 다시 선생님을 곁눈질하다가 까만 동굴 같은 어둠 속에서 살아나는 파란 눈을 보았다. 깜박깜박, 앞쪽에서도 뒤쪽에서도, 그 작은 불빛들이 자기들만의 신호를 주고받으면서 모여들고 있었다. 반딧불이다.

"쟤네들이 우리를 환영한대! 같이 놀재! 저 앞에 있는 반딧불이가 길잡이야. 그 길잡이를 따라서 이 숲을 지신밟기 하듯이 돌아다니고 있는 거야. 우리도 같이 할래? 이런 축제에 초대받은 사람은 너희들뿐일 거야."

선생님은 천천히 몸을 일으켰는데 알몸이었다. 이렇게 옷을 벗어야만 숲의 기운을 다 느낄 수 있다고 했다.

나는 망설였다. 그러다가 내 몸이 아직 일곱 살이라는 것을 알았고, 이미 나는 주울이의 왼쪽 젖꼭지 밑에 까만 점이 있다는 것도 알고, 교상이랑 이안이 고치가 어떻게 생겼는지도 알고 있으며, 항이가 아직 포경수술도 하지 않았다는 것까지 알고 있었다.

다른 아이들은 벌써 옷을 벗고 있었다. 하나둘씩 선생님을 따라서, 그 파란 생명체들의 흐름을 따라서 움직이기 시작했다. 내 몸은 작은 홀씨처럼 날아다니고 있었다.

나는 눈을 뜨자마자 바지부터 확인했다. 꿈속에서는 청바지

　　　　　　　　　　　　　시간 전달자

였고 지금은 잠옷차림이지만, 놀랍게도 잠옷바지를 거꾸로 입고 있었다. 그때도, 그러니까 반딧불이를 쫓아다녔던 그날 밤에도 나는 바지를 거꾸로 입었다. 나는 말도 안 된다고 고개를 흔들었다. 잠들기 전에 선생님이랑 같이 반딧불이를 쫓아다니면서 놀았던 기억이 떠올라서, 그것을 생각하려고 하다가 잠이 들었다. 그런데 이토록 생생한 꿈이 나타나다니!

진짜 시간 전달자가 있을까?

학교 앞 버스 정류장에서 차를 기다리고 있는데 감색 지프 차가 다가왔다. 창을 열고 항이 엄마가 어서 타라고 소리쳤다. 나는 잠깐 망설이다가 차에 탔다.

깡마르고 키가 큰 항이 엄마는 선글라스를 착용한 상태라 그 표정을 알 수 없었다. 항이 엄마가 요즘 친구들이랑 자주 만나냐고 물었다. 항이는 한동안 외계인에 대해서 푹 빠져 있다가, 요즘은 틈만 나면 산에 가서 하루 종일 산다는 말을 들었을 때는 속없이 부럽다는 생각이 들기도 했다.

중학교 때까지만 해도 나는 항이 때문에 많이 불편했다. 공교롭게도 항이하고는 삼 년 내내 같은 반이었고, 그래서 녀석한테 일어나는 아주 사사로운 일까지도 신경이 쓰였다. 심지어

시간 전달자

그가 배 아프다면서 보건실에 갈 때도 마음이 편하지 않았다. 만약 항이가 고등학교까지 따라왔다면 어땠을까. 아, 그런 생각만 하면 끔찍했다.

항이는 더 이상 일반 학교에 가지 않았다. 지금은 무슨 특수학교에 다닌다고 하는데, 그곳이 어떤 곳인지 나는 모른다. 그만큼 내가 항이에 대해서 관심이 없다는 뜻이다. 나는 겉으로만 항이를 위하는 척했을 뿐 속으로는 늘 귀찮아했다. 그나마 다행인 것은 내가 다른 친구들보다 판단 능력이 떨어져서 항이가 우리랑 다르다는 것을 가장 늦게 알아차렸다는 사실이다.

나는 초등학교 4학년이 되어서야 그가 말투도 어눌하고 다른 아이들하고도 잘 어울리지 못한다는 것을 알았고, 우연히 그의 집에 가서 장애 2등급이라는 명찰 같은 것을 보고는 얼마나 놀랐는지 모른다.

엄마는 그런 나에게 항이가 자폐증을 앓고 있으며, 어른이 되어도 지금처럼 살아갈 것이라고 했다. 그러니 나한테 항이의 진정한 친구가 되어주기를 바란다고 속삭였다. 어쩌면 엄마가 그런 말을 하지 않았으면 훨씬 편안하게 항이를 대했을지도 모른다. 그때부터 항이를 보면 편안하지 않았고, 어떤 의무감 같은 것이 나를 자유롭지 못하게 했다.

초등학교를 졸업할 때는 항이 엄마가 나를 불러서 고맙다면서 근사한 옷까지 선물해주었다.

나는 그 옷이 부담스러워서 입을 수가 없었다.

항이네 집은 마을 당산나무 뒤쪽에 있는 2층집이었다.

내가 현관으로 들어서자마자 항이는 초등학교 때 가지고 놀았던 긴 장난감 총을 뽑아들고는 장군님이 오신다고 하면서 나를 따르라고 크게 소리쳤다. 소파에 앉아 있던 주울이가 또 다른 장난감 칼을 들고는 "장군님 명을 받들어서 너를 처단하겠다!" 하고 소리치면서 교상이를 겨누자, 그는 유치하다는 듯이 윈 볼을 일그러트렸다.

주울이랑 나는 오늘은 항이 생일이니까 그냥 그의 비위를 맞춰주자고 눈빛을 보냈고, 교상이는 거기에 공감하지만 그렇다고 어떻게 애들처럼 칼싸움을 하냐고 고개를 흔들었다. 우리는 더 이상 교상이를 추궁할 수 없었다.

거실에는 나무로 만든 낮은 탁자가 길게 놓여 있었다. 그 위에 덮여 있는 분홍색 한지를 걷어내자 도자기 그릇에 정성스럽게 담긴 음식이 드러났다. 항이 엄마가 꽃밥이랑 떡케이크를 가지고 오자 우리는 모두 "우와!" 하고 감탄사를 내뱉고야 말았다. 동그란 도자기에 원추리꽃밥이 하트 모양으로 담겨 있었고, 떡케이크에도 원추리꽃잎으로 수놓은 하트 모양이 가장 먼저 눈에 들어왔다. 우리는 마치 군가를 부르듯이 씩씩하게 생일 축하 노래를 불렀다.

시간 전달자

항이는 촛불을 끄고 일어나더니 모두에게 고맙다고 절도 있게 고개를 숙여 인사했다.

"이 꽃밥은 항이가 열일곱 살이니까 열일곱 송이를 따다가 만들었어. 그러니까 모두 두 개씩은 의무적으로 먹기다! 몇 년 전부터 해주려고 마음먹고 있었는데 막상 닥치니 안 되더라. 근데 올해는 유진하 선생님 산소에 갔다가 그 밑에서 따왔어. 옛날에는 팥떡이나 이렇게 꽃밥을 해줬어. 팥이나 꽃의 붉은 빛이 나쁜 기운을 막아주고 건강하고 튼튼하게 자랄 수 있도록 해준다고 믿었거든."

항이 엄마의 말이 끝나자 우리는 다시금 박수를 치면서 음식을 먹기 시작했다. 나는 원추리꽃 속에 들어 있는 팥밥을 보면서 젓가락으로 천천히 집어다가 냄새부터 맡았다. 미세하게 풍겨지는 향기를 느낄 수 있었다. 입 안에서 씹히는 감촉이 좋았다.

항이 엄마가 구운 고기를 가지고 오자 우리는 더욱 정신없이 먹어댔다. 역시 우리는 고기를 한창 먹어댈 나이인지도 모른다. 고기가 오자마자 거의 말도 하지 않았다. 교상이의 표현대로 음식이 목구멍까지 가득 들어차고 나서야 우리는 하나둘씩 뒤로 물러났다.

나는 오랜만에 항이 방을 보고 싶었다. 아마도 초등학교 졸업한 후로는 가보지 않았다. 방문에는 무슨 초상화 같은 크레

파스 그림이 붙어 있었는데 대뜸 항이가 생각하는 장군임을 알수 있었다. 얼굴은 또렷하지 않지만 머리에 쓴 갑옷이랑 손에들고 있는 긴 칼은 비교적 섬세하게 드러나 있었다. 항이가 이렇게 그림을 잘 그렸나, 하고 순간적으로 고개를 갸우뚱했다.

주울이는 내 방 창가에 놓여 있는 작은 화분들을 바라다보고 있었다. 내가 4학년 때부터 학교에서 죽어가는 선인장 화분을 가지고 와서 키우기 시작했는데, 이제는 아침에 일어나면그것들을 가장 먼저 쳐다보는 것이 버릇이 되어버렸다.

"빈새, 너 여전히 선인장들을 키우는구나!"

"아니 뭐, 물을 잘 안 줘도 안 죽고 해서 키우기 쉬운 것들이야."

내 말에 주울이는 고개를 흔들면서 "아냐, 그래도 아무나 못키워." 하고 말했다.

내가 침대에 가서 눕자, 주울이도 옆으로 와서 누웠다. 초등학교 때까지만 해도 늘 이렇게 살았다는 생각이 새삼 들었다.주울이가 오랜만에 이런 시간을 가져본다고 하면서, 마을에 온김에 나하고 이런 시간을 갖고 싶었다고 했다. 주울이가 항이생일 파티가 끝나갈 무렵 "오랜만에 너희 집 가보고 싶다!" 하고 말했던 것이다. 그 말을 듣고 나서야 나는 왜 먼저 우리 집가자는 말을 하지 못했는지 자책이 됐다.

어쨌든 이렇게 우리 집에 와준 주울이가 고마웠다.

시간 전달자

"너 이런 거 알아? 옛날 사람들이 쓰던 청동 거울인데……."

주울이가 슬그머니 휴대폰 화면을 보여주면서 말했다.

"어, 그러네! 근데?"

"얼마 전에 이안이가 그런 말 했잖아? 선생님한테 옛날 부채 같은 것을 받은 사람 있냐고? 그 이야기를 아빠한테 했더니, 그건 부채가 아니고 청동 거울일 것이라고 하는 거야. 아빠도 우리 문중에 그런 유물이 전해지고 있다는 이야기를 들었대. 그걸 갖고 있는 사람을 '시간 전달자'라고 하는데, 시간 여행을 자유롭게 할 수가 있고, 시간을 맘대로 전달할 수도 있대."

"헐! 그거 갖고 있으면 진짜 좋겠다! 근데 그게 말이 돼?"

"우리 아빠는 확신하고 있더라고. 아빠 말로는 상사할아버지 라고 불렀던 그분이 시간 전달자였을 것이고, 그 뒤에는 선생 님한테 물려줬을 거래. 시간 전달자들은 그 마법 같은 능력으 로 숲 지킴이 노릇을 하고, 문중에 좋지 않은 일이 생기면 해결 하기도 한다고 하니까!"

"그런 이야기를 아이들이 아니라 어른들이 더 믿는다는 게 더 황당해."

나는 별로 관심이 없다는 투로 말했다.

주울이가 옆으로 몸을 돌리더니 내 손을 잡았다.

"아무튼 그런 이상한 물건을 받은 시간 전달자가 있다고 치 고. 빈새야, 만약에 선생님이 그걸 우리 중 누군가에게 췄다면,

누구한테 줬을까?"

그런 생각을 한 번도 해본 적이 없어서 언뜻 떠오르지 않았지만, 그럼에도 불구하고 굳이 대답을 하라고 한다면 주울이를 지목하고 싶었다.

우리는 주울이를 숲 박사라고 불렀다. 주울이는 우리하고 달리 숲을 생각하거나 그곳에서 살아가는 동물들을 받아들이는 감성 자체가 달랐다. 그랬으니 초등학교에 다니면서 생태나 환경에 관련된 온갖 글쓰기 대회를 휩쓸어버린 것이야 당연한 일이다. 주울이는 초등학교 6학년 때 시내에 있는 아파트로 이사하면서 숲에 갈 기회가 줄어들었지만, 스승의 날이나 선생님의 생신을 챙기는 것은 항상 그녀의 주도로 이루어졌다. 그만큼 선생님을 좋아했다는 뜻이다.

주울이는 내가 미적거리자 먼저 입을 열었다.

"심각하게 고민하지는 말고. 그냥 만약에, 선생님이 가지고 있던 소중한 물건, 딱 하나밖에 없는 그것을 우리 중 누군가에게 주었다면 그게 누굴까? 난 빈새 너라고 생각해."

"나라니? 뜻밖인데! 난 당연히 주울이 너라고 생각했는데."

나는 목소리를 낮게 깔았지만 일부러 눈에다 힘을 주었다. 웬일인지 주울이는 그런 내 눈빛을 슬쩍 피해버렸다.

"아냐. 내가 시내로 이사한 후부터 니가 선생님을 더 자주 만나고 그랬잖아."

시간 전달자

나는 단호하게 고개를 흔들었다. 선생님은 나뿐만 아니라 교상이나 항이하고도 많은 시간을 가졌다. 특히 항이는 초등학교 때보다 더 자주 선생님하고 만났다.

주울이도 그런 사실을 알지만 선생님이 더 애정을 가진 사람은 나라고 지목했다.

순간 나는 잠시 멍해졌다. 주울이의 말을 어떻게 받아들일지 판단이 서지 않았다. 나는 선생님한테 특별한 애정을 받고 있다는 생각을 해본 적이 없었다. 내가 아는 선생님은 누군가를 골라서 편애하지 않았는데, 주울이가 왜 그런 생각을 하는지 묻고 싶었다. 주울이는 내가 묻기도 전에 그 이유를 설명했다.

"넌 뒤늦게 숲에 대해서 눈을 떴잖아? 넌 초딩 때만 해도 숲에서 잘 뛰지도 못했고, 민달팽이만 봐도 뱀이라고 하면서 도망쳤어. 근데 언제부턴지, 아마도 내가 숲에 대한 관심이 멀어질 때쯤부터 갑자기 니가 달라지기 시작한 거야. 숲에 대해서 나보다 더 잘 알게 된 것 같애. 그러니 선생님도 너를 특별하게 볼 수밖에 없는 거 아니니?"

"주울아, 난 선생님한테 잘 보이기 위해서 숲을 좋아한 것이 아니야. 그건 어떻게 말로 설명 못해. 그냥 어느 날부턴가 자연스럽게 숲에 가고 싶고, 거기 가면 편하고, 그러면서 어릴 때 두려워하고 잘 보이지 않던 것들이 보이더라. 그랬을 뿐이야."

이번에는 내가 주울이의 다른 손을 잡았다. 무엇인가 진실을 전할 때는 너무 빤히 보이는 눈과 입보다는 손이 더 효과적일 수 있다는 사실을 새삼 깨달았다.

주울이는 깊은 한숨을 내쉬었다.

"그게 다르지. 너랑 나랑. 난 그랬거든. 어떻게 하면 선생님한 테 더 잘 보일까? 어떻게 하면 선생님이 나를 더 좋아하게 될까? 어린 시절 내내 그렇게 쌩구를 굴렸어. 그래서 더 열심히 풀과 나무, 곤충들에 대해서 알려고 했고, 선생님이 칭찬해주면 기분이 더 좋아졌고. 근데 어느 날부턴가 그런 내가 유치해지더라고. 숲에 대한 흥미도 떨어지고 말이야. 사실 시내로 이사하게 된 것도 나 때문이야. 그렇게 좀 떨어져서 살다 보면 내 진짜 모습을 알 수 있을 것이라고 생각한 거야. 근데 떨어져 살다 보니 어린 시절의 기억이 더 빠르게 지워져버리는 거야. 풀꽃들이름도 잘 생각 안 나고, 거미만 봐도 나도 모르게 비명을 지르게 되고, 그렇게 되는 거야. 그래서 나는 중학교 다니는 내내 꿈꾸듯이 살아온 것 같아. 선생님을 만나면, 선생님 입에서 '너 주울이 아니지?' 하는 말이 나올까 봐 괜히 더 수다를 떨기도 했고, 난 그랬어. 그러면서 빈새 니가 얼마나 부러웠는지 몰라."

"난 니가 부러웠는데."

나도 모르게 그렇게 뱉어내고야 말았고, 내가 너무 솔직한 것 같아서 잠깐 당황했다가 주울이가 손가락을 꼼지락거리자 더 이상 감출 필요가 없다고 생각했다.

주울이는 초등학교 1학년 때부터 자신의 미래를 당당하게 말하는 야무진 아이였다. 누가 물어도 경찰이라고 대답했다. 부모님은 사관학교를 희망했고, 나 역시 주울이가 육군사관학교에 갔으면 했다. 우리 문중은 조상 대대로 문관보다는 무관이 되어야만 출세를 할 수 있었다. 주울이도 그걸 알고 있었지만 군대는 두려움이 크다고 했고, 대신 경찰도 무관이기 때문에 그쪽을 택했다고 했다.

"넌 늘 그렇게 똑 부러지게 행동하잖아? 흐리멍덩한 나하고는 다르지? 난 아직 꿈도 없고, 공부도 그저 그렇고."

"난 빈새 니가 흐리멍덩하다고 생각한 적 없어. 넌 좀 느리기는 해도, 뭔가 함부로 대할 수 없는 묘한 구석이 있어. 그러니절대 그렇게 생각하지 마. 그리고 난 요새 엄청 힘들어. 이제사춘긴가 봐. 그냥 모든 게 혼란스럽다고나 할까? 공부에 집중해야지 하면서도 이게 맞나, 이렇게 공부해서 경찰대학 나와경찰 간부 되면 행복할까. 맞나, 그런 생각?"

"그랬구나!"

나는 주울이를 안아주었다. 주울이의 온몸이, 특히 심장의꿈틀거림이 내 몸에서 박동하는 것처럼 느껴졌다. 어렸을 때는이렇게 살을 부비고 끌어안아도 이런 감정을 몰랐다. 누군가를좋아하게 되어, 그러니까 이성을 사랑하게 되어 이렇게 끌어안는다면 어떤 느낌일까? 이와 비슷할까?

향이가 시간 전달자일지도 몰라

개학을 며칠 앞둔 금요일 오후였다.

교상이랑 영화 한 편을 보았다. 영화가 끝나고 나올 때 여학생들이 쉴 새 없이 교상이를 곁눈질했다. 괜히 내 얼굴이 따가울 정도였다. 역시 내 취향은 아니어도 훈남이라는 사실까지 부정하고 싶지는 않았다.

다만 아쉬움이 있다면 교상이는 키가 커지고 외모가 돋보이면서 허풍이 심해지고 너무 말을 함부로 뱉어낸다는 점이다. 그래서 주울이는 교상이 이야기만 나오면 고개를 흔들면서, 그 집 식구들은 다 속물이라고 얼굴을 찌푸렸다.

교상이 아버지만 생각하면 원주민 부동산이라는 어마어마하게 크고 반짝거리는 간판이 떠오르는데, 우리 동네에서 가장

시간 전달자

오랫동안 부동산업을 해오신 분이다. 교상이 아버지의 농담처럼 우리 동네의 거의 모든 땅이 그분을 통해서 팔려나갔다. 당연히 교상이 아버지는 지금 남아 있는 원주민들 중에서 가장 부자다. 또한 몇억짜리라는 외제차를 몰고 다니며, 전문대학을 나와서 직장도 없이 비실거리고 있는 두 형들도 외제차를 몰고 다니면서 늘 사고를 치지만 그들의 생활은 별로 달라지지 않았다.

그것을 두고 주울이는 너무 심할 정도로 그들을 비아냥거렸다. 내가 그런 졸부 친구 하나 있으면 뭐라도 하나 더 얻어먹을 수 있고 좋지 않느냐고 했다가 싸늘하게 쳐다보는 주울이의 눈빛을 보고 얼마나 당황했는지 모른다. 그때 나는 처음으로 주울이가 생각보다 융통성이 없다는 것을 알았고, 아무리 가까운 친구라고 해도 함부로 농담해서는 안 된다고 생각했다.

만약 지금 누군가 교상이의 어린 시절 사진을 본다면 이건 전혀 다른 사람이라고 할 것이다. 단순히 작고 뚱뚱한 아이가 호리호리하게 커진 체형만 보고 하는 말이 아니라 얼굴 자체가 달라졌음을 의미한다.

나는 3시에 영어학원이 끝나자마자 근처에 있는 도서관으로 가다가 교상이 전화를 받았다. 시내에서 사는 교상이가 이따같이 들어가자고 하면서 영화나 한 편 때리자고 했을 때, 나도 모르게 "너 아직도 나 좋아하냐?" 하고 묻고야 말았다.

오늘은 부모님들의 계모임이 있는 날인데 우리한테도 특별 소집령이 내려진 상태였다. 저녁 7시까지 마을 재실로 집합하라는 내용이다.

교상이는 히죽거리면서 알 수 없는 눈빛을 보였다.

"당근이지. 난 우리 동네 친구들 다 좋아해."

"좋아. 대신 니가 쏴라!"

나는 뭐라고 더 내뱉으려고 하던 교상이 말을 자르면서 그렇게 말했다.

돌이켜보니 교상이하고는 초등학교를 졸업한 뒤로는 개인적으로 만난 적이 없었다. 우리들은 모두 가장 친한 친구라고 하면서도 언제부턴지 서로에게 조금씩 거리를 두고 있었다. 항이하고만 거리를 두고 있는 줄 알았는데 그게 아니었다. 우리는 각자 예측할 수 없을 정도로 빠르게 달라지고 있었고, 그런 만큼 서로에게 낯설어지면서 멀어져 갔다.

나는 그런 낯섦에서 조금 벗어나고 싶었고, 그래서 교상이랑 편하게 만나기로 한 것이다. 물론 낯섦을 조금 덜어낸다는 것뿐이지 어렸을 때처럼 친해질 수 있다고 생각하지는 않는다. 막상 교상이랑 같이 시간을 보내다 보니 내 선입견과는 달리 편했다.

　　　　　　　　　　　　　시간 전달자

마을버스 정류장 쪽으로 걸어가는데 오늘따라 학원 간판들이 유독 눈에 들어왔다. 나도 모르게 한숨이 나왔다. 교상이는 그런 나를 보고 흐흐흐 웃었다. 그놈은 내 속을 빤히 들여다보고 있었다.

"빈새야, 진짜 유전의 법칙은 엉터린가 봐. 그잖아! 우리 부모님이 작은데 나도 이렇게 키가 크고, 너도 그렇잖아! 엄마가 학원에서 수학을 가르치고, 아빠도 공대 출신이니까 수학 잘하셨을 거 아냐. 근데 넌 거의 수포자잖아?"

"나 수포자 아니거든!"

나는 강하게 교상이 어깨를 손바닥으로 후려치고는 후회했다. 결국 내가 수학 포기자라는 것을 스스로 인정한 꼴이 되고야 말았기 때문이다.

나는 중학교 때부터 수학책 속에서 길을 잃어버렸다. 수학도 사인 엄마가 달라붙어서 길을 찾아주려고 했다가 우리 둘 사이의 감정만 악화되고 말았고, 아빠는 아예 나한테 잔소리할 엄두도 내지 못했다. 사실은 오늘도 수학 때문에 학원에서 많이 힘들었다.

교상이가 약 올리듯이 나를 보고 웃으면서 몇 걸음 달아나자 맥이 빠져버렸다. 교상이는 이미 전 과목을 다 포기한 상태다. 그런데도 전혀 주눅 들지 않고 살아간다. 나는 은근히 그의 성격이 부러웠다.

교상이는 성큼성큼 앞서가다가 떡볶이집 앞에서 누군가를 보고는 머리를 긁적거리면서 인사했다. 우리 동네에 살고 있는 선배들이다.

치상이 오빠랑 린애 언니가 나를 보고 손을 흔들었다.

내가 인사하자마자 치상이 오빠가 둘이 사귀냐고 물었다. 나는 지나치게 부정하다 보면 또 엉뚱한 탈이 날까 봐 천천히 고개를 흔들었다.

대학생인 두 사람은 이미 오래전부터 동네에서도 손을 잡고 다니는 사이다.

"빈새야, 니 오빠 잘 있냐? 짜식 나한테도 연락이 없네."

나는 그 말을 듣고서야 치상이 오빠랑 우리 오빠가 친구라는 사실을 알았다.

오빠는 벌써 오 년째 디자인 공부를 하고 있는데, 이제 와서 적성에 맞지 않는다면서 다른 공부를 하겠다고 하는 모양이다. 그것 때문에 엄마는 요즘 신경이 날카롭게 날이 서 있었다.

내가 아무런 말을 하지 않자 치상이 오빠도 더 이상 묻지 않았고, 뭐라고 린애 언니랑 귀엣말을 주고받더니 불쑥 교수님은 잘 계시냐고 물었다. 교수님이란 우리 아빠다.

동네 사람들은 아빠를 보고 모두 교수님이라고 말했다. 나역시 초등학교 때까지만 해도 아빠가 교수인 줄 알았다. 아빠는 내가 중학교에 입학하자마자 더 이상 출근하지 않았고, 근처에다 목공방을 차렸다. 아빠는 당신이 하고 싶은 일을 이제야 시작한다면서 얼굴이 밝아졌지만 엄마의 표정은 애매했다. 나한테는 잘된 일이라고 하면서도 미국에 있는 오빠랑 통화만 하고 나면 혼자 술을 마셨다. 두 분 사이에 어떤 갈등이 있었는지 그건 모른다. 어쨌든 아빠는 올해부터 다시 대학에 나가기 시작했고, 그제야 나는 교수님이 아니라 시간강사였다는 것을 깨달았다.

우리는 마을버스를 탔다. 두 선배의 목적지도 우리랑 같았다. 치상이 오빠 아버지랑 린애 언니 아버지도 우리 엄마랑 불알친구인 셈이다. 당연히 장군봉에 가면 치상이 오빠네 숲도 있고, 린애 언니네 숲도 있다. 치상이 오빠는 그런 이야기를 하면서 우리한테 선생님이 돌아가셔서 많이 슬펐지, 하고 물었다. 그리고는 우리가 대답할 틈도 없이 말을 이어갔다.

"우린 뭐 선생님한테 잠깐 배웠지만 너흰 십 년 넘게 배웠잖아? 그런 관계가 또 있겠니? 진짜 너흰 복 받은 거야."

우리는 확실하게 고개를 끄덕거렸다. 치상이 오빠는 창밖으로 눈을 돌려 장군봉을 보면서, 아직까지 끈질기게 선생님 묘를 이장하라고 하는 사람들을 큰 소리로 욕했다. 마을버스에 있는 다른 사람들의 눈길이 날아오는 것도 아랑곳하지 않았다.

린애 언니도 그것을 막지 않았다. 그러다 린애 언니가 불쑥

"근데 오늘 우리는 왜 가는 거야?" 하고 물었다.

치상이 오빠는 분노하던 표정을 어느새 감추고는 한없이 사랑스러운 눈빛으로 린애 언니를 보았다.

"어른들이 자식들도 가능하면 잠깐이라도 보자고 했대. 마을버스에서 마주쳐도 자주 보지 않으니까 누가 누군지 모르겠다고 하면서. 그러니까 잠깐 있다가 나오면 돼. 근데 이번에는 재실에서 본다고 하더라. 늘 부모님 친구들 집에서 봤는데, 혹시 그것 때문인가? 이번에 장군님 초상화가 장맛비에 훼손되었다고 하는 것 같던데."

순간 "당군님이 비를 맞았어." 하고 말하던 항이가 떠올랐다. 린애 언니는 전혀 모르는 소식이라고 했다. 치상이 오빠는 우리한테 재실에 있는 장군님 초상화를 본 적이 있냐고 물었다. 아쉽게도 우리는 본 사람이 없었다.

"하긴 나도 어렸을 때 봤구나. 뒷동산 아래에 장군님 사당이 있었잖아? 그때는 종종 집안 어른들 따라서 장군님 초상화를 구경할 수 있었지. 장군님이 임진왜란 때 큰 공을 세웠다는 거 잘 알지? 전쟁이 끝났을 때는 왕이 직접 술을 따라주면서 고마워하고 각종 훈장을 지급했을 정도였대. 그때 저 장군봉이랑 우리 동네 수많은 땅도 하사받은 것이지. 근데 말년에 가서는 행적이 오리무중이야. 어디서 어떻게 돌아가셨는지도 몰라. 그래서 뒷동산에 있었던 무덤도 가묘였잖아!"

뒷동산이 산사태로 해체되면서 산기슭에 있던 장군의 사당과 비석도 어디론가 쓸려갔다. 다행히 초상화는 유실되지 않았는데, 문중의 한 어른이 어느 정도 가치가 있는 그림인지 감정을 받아보기 위해서 집 안에다 보관하고 있었기에 화를 면할 수 있었다.

치상이 오빠는 그런 말을 하면서 요즘 문중이 개판이라고 성토했다. 뒷동산을 비롯하여 수많은 땅을 다 팔아먹고 이제 남은 것은 장군봉뿐이라고 했다. 한마디로 문중 사람들은 어떻게 하면 뭘 팔아먹을까 하는 궁리만 한다고 한탄했다. 그러니 재실에 뭐가 있고, 후손들에게 뭐를 가르쳐주어야 할지도 모른다고 혀를 차댔다.

"오빠, 재실은 지어진 지 몇 년 안 되잖아요? 근데 물이 샌다고요?"

"빈새야, 그러니까 골 때리는 일이지. 그래서 그 초상화가 알아볼 수 없을 정도로 얼룩진 거야. 옛날 같으면 장군님이 노하신다고 문중이 발칵 뒤집혔겠지만 지금이야 서로 쉬쉬하고 있잖아? 아마 그 초상화도 귀한 거였으면 벌써 누가 팔아먹었을 거야!"

우리는 수많은 전원주택을 지나쳤다. 그리고 향나무들이 마을의 경계목으로 심어져 있는 동산마을을 끼고 오른쪽으로 돌아가자 야트막한 언덕에 재실이 보였다.

햇살이 잘 드는 정남향인 재실은 누가 봐도 근사한 한옥이었다. 린애 언니는 저렇게 멀쩡한 건물이 엉터리 집이라는 사실이 믿어지지 않는다고 빈 깡통을 발로 찼다.

치상이 오빠랑 린애 언니가 먼저 재실로 들어갔다.

우리는 한 박자 늦추고 숨을 고른 다음 서로를 보며 거의 동시에 말했다. 도대체 항이는 그런 사실을 어떻게 알았을까?

"정말 알다가도 모를 놈이야. 장난감 칼 가지고 지랄할 때는 아직도 초딩 같은데, 카톡에다 뭐 올릴 때는 전혀 다른 놈 같고, 가끔씩 불쑥불쑥 장군님 어쩌고 하면서 말할 때는 뭔가 비밀을…… 그놈은 시간 전달자에 대한 비밀을 알고 있을지도 몰라."

교상이의 말을 들으면서 나는 새삼스럽게 항이의 얼굴을 떠올렸다. 그러고 보니 나도 항이에 대해서 아는 것이 별로 없었다.

시간 전달자

선생님 같은 장군의 초상화

　그 소문은 너무도 충격적이었다.

　학교 친구의 입에서 그 정체불명의 소문이 튀어나왔던 것이다. 그 친구는 우리 동네에 살지 않지만 아버지가 부동산에 관심이 있어서 그런 소문을 들었는데, 그것이 사실이냐고 물어왔다. 순간 나는 헛웃음을 치면서 미국이 망하는 것보다 더 불가능한 일이라고 말했다. 하지만 그때부터 이상하게도 머리가 아팠다.

　나는 집에 오자마자 창가에 있는 선인장 화분에다 스프레이로 물을 뿌렸다. 언제부턴지 나는 머리가 아프거나 뭔가 일이 잘 풀리지 않을 때마다 그렇게 하였다. 그러다 보면 어느새 머리가 개운해졌다. 어떨 때는 몇 시간 동안 작은 선인장들을 들여다볼 때도 있었다.

오늘도 온갖 잡념이 사라졌다고 생각하는 순간 카톡이 왔다.

나는 항이의 카톡을 확인하는 순간 손에 힘이 풀렸다. 항이는 그 소문을 진실로 받아들이는 것 같았고, 장군님이 가만두지 않을 것이라고 했다. 교상이가 자주 하는 말처럼, 평소 말할 때는 발음도 어눌하고 잘 더듬어서 뭐라고 하는지 잘 모를 때도 있었지만, 카톡만 보면 전혀 다른 사람이라고 느껴질 만큼 표현하고자 하는 문장이 정확했다. 한 사람의 입에서 나오는 말과 손에서 나오는 글이 너무 달라서 그의 몸속에 또 다른 누군가가 숨어 있는 것만 같았다.

나는 한동안 숨을 고르고 골라서 겨우 가슴을 진정시킨 다음 이안이한테 전화를 걸었다.

이안이는 지금 만날 수 있냐고 낮게 되물었다.

나는 부랴부랴 옷을 갈아입고 밖으로 뛰쳐나왔다.

마을 초입에 있는 편의점 앞에서 이안이가 손을 흔들었다. 하얀 모자를 깊숙이 눌러쓴 이안이는 까만 비닐을 들고 있었다. 내가 근처에 있는 카페를 손가락질했으나 이안이는 대꾸도 하지 않고 몇 걸음 마을길로 걸어가더니 불쑥 초상화가 보고 싶지 않느냐고 물었다.

"그날 장군님 초상화 못 봤잖아? 곰팡이가 단단히 끼어서 그동안 전문 업체에 보내 얼룩을 제거했대. 난 며칠 전에 봤는데,

시간 전달자

너한테 보여주고 싶었어. 그래서 재실 비밀번호도 알아낸 거야."

뜬금없는 말이라서 약간 황당하기는 했어도 나 역시 궁금해하던 것이라 이안이를 똑바로 쳐다보았다.

그날 어른들 계모임에는 모두 일곱 쌍의 부부가 다 모였는데 결혼 후 지금까지 백 퍼센트 출석률이라고 서로들 자화자찬을 하였고, 그들 사이에서 태어난 2세들을 한두 명씩 달고 왔기에 재실의 거실이 가득 찼다. 초대받은 것인지 어쩐지 그건 알 수 없지만 문중 총무까지 끼어서 선생님의 묘를 반대했던 외지인들을 향한 성토대회를 하고 있었다.

초인종이 울릴 때마다 총무가 나가서 배달해온 음식을 받아들였는데, 치킨부터 보쌈, 닭발, 피자 같은 배달이 가능한 음식이었다.

어른들은 우리들을 하나씩 불러낸 다음, 각자 소개를 하게 했고 유치하게도 노래까지 주문하여 우리들의 눈살을 찌푸리게 했다. 그러니 아무리 먹음직스러운 음식이라고 해도 차분하게 앉아서 먹을 수가 없었다.

결국 우리는 치상이 오빠가 몸을 일으키자 재빠르게 따라서 움직였다.

밖으로 나온 우리는 다시는 이런 모임에 참여하지 않겠다고 힘껏 눈살을 찌푸렸다.

이안이는 나를 보고는 피식 웃었다. 자신을 믿으라는 뜻이다. 웬만해서는 웃지 않던 그를 보고는 나도 모르게 따라가고 있었다. 이안이는 마을길을 벗어나자 비닐봉지에서 아이스크림을 하나 꺼내 나에게 주었다.

나는 고맙다고 인사하고 아이스크림을 먹다가 이안이의 손에 들린 캔맥주를 보고는 얼마나 놀랐는지 모른다. 이안이는 그것을 홀짝홀짝 마시면서 걸었다.

내가 그것을 샀냐고 묻자, 이안이가 피식 웃었다.

"왜 그렇게 보냐? 니 눈빛이 꼭 불량 학생이라고 선고하는 우리 학교 선생님들 같다!"

"알았어, 누가 뭐래? 그냥 놀라서 그래. 맥주 좀 마신다고 공부 못하는 것도 아니고. 넌 워낙 범생이였잖아? 주울이가 문과생 같은 범생이라면 넌 이과생 같은 그런 수학 범생이. 그래서 놀랐을 뿐이야."

중학생이 되고 고등학생이 되면서 이안이도 그렇게 달라져 있었다.

"난 우리 친구들에 대해서 잘 안다고 생각했는데…… 이번에 선생님 일을 치르면서 우리가 많이 달라졌고, 서로에 대해서도 모르는 게 많다는 사실을 깨달았어."

이안이는 자기도 같은 생각이라고 눈으로 말해주었다.

재실 대문을 열고 마당으로 들어섰다.

이안이가 재실 현관문에 달린 자물쇠의 비밀번호를 눌렀다.

　재실은 문중 사람들의 모임 장소로 쓰이는 거실과 장군의
유물이 있는 작은 방으로 나누어져 있었다. 거실 바닥에는 앉
은뱅이책상이 몇 개 놓여 있었다. 이안이랑 나는 그중 첫 번째
앉은뱅이책상 앞에 마주 보고 앉았다. 이곳에 들어올 때까지만
해도 전혀 이안이를 의식하지 않았는데 막상 마주 보니까, 이
곳에 우리 둘뿐이구나 하는 생각이 들면서 그의 눈빛이 어색해
지기 시작했다.

　나는 벽걸이 텔레비전이 보이자 그걸 틀자고 할까 하다가
그러면 더 어색해질 것 같아서 그만두었다. 이안이는 계속 맥
주를 홀짝이면서 휴대폰을 보고 있었다.

　나는 벽걸이 텔레비전 반대쪽 벽에 걸린 호랑이 그림을 보
고 벌떡 일어났다. 그 그림 속에는 수백 살 먹었음직한 소나무
와 숱한 신화를 품고 있음직한 바위와 근처 수백 리를 호령했
을 것 같은 호랑이가 나오는데, 누가 주인공인지 알 수가 없었
다. 어쩌면 이안이 때문에 그림에 집중하지 못하고 있는지도
모른다.

　이안이는 어릴 때나 지금이나 표정의 변화가 거의 없었다.
그런 이안이를 내가 좋아했다고 생각하니까, 왜 그랬을까 하고
새삼 어린 시절 나에게 물어보고 싶었다. 얼굴이 잘생긴 것도

아니고, 말을 재미있게 하는 것도 아니다. 그의 얼굴은 백인들보다 더 창백했고 늘 진지했다. 지금의 나라면, 혹시 그가 나를 좋아한다는 감정을 표현했다면 비명을 지르면서 달아났을 것이다.

그런데 그때는 왜 이안이가 좋았을까?

불현듯 유독 겁이 많았고, 걸핏하면 빈혈 때문에 어지럼증을 호소하던 어린아이가 떠올랐다. 아이가 어지럽다고 하면 선생님은 그냥 숲에 누우라고 했다. 숲에 누우면 어찌나 몸이 편안해지던지 아이는 이렇게 누워서 살 수 있으면 얼마나 좋을까 하는 생각을 많이 했다. 나무 꼭대기에 보이는 파란 하늘이 또 다른 땅으로 보였다. 땅과 땅 사이에 나무가 있다고 생각했고, 그 파란 땅에 가보고 싶었다.

아이가 그런 말을 하자마자 옆에 누워 있던 이안이가 벌떡 일어나더니 나무를 타고 올라가기 시작했다. 친구들이 말려도 소용없었고, 선생님이 위험하니까 그만 내려오라고 해도 듣지 않았다.

이안이는 삽시간에 다람쥐보다 작아지도록 올라가버렸다. 겁이 많은 아이는 위험하다고 생각하며 가슴을 졸이고 있었는데, 나무와 하늘의 경계까지 올라가버린 이안이가 부러워지기 시작했다. 이안이라면 그 경계를 넘어 다른 세상으로 갈 수 있을 것 같았다.

이안이는 뭐라고 알 수 없는 메아리를 날리면서 손을 흔들었다. 아마도 선생님이 그만 내려오라는 말을 백만 번도 더 했을 것이다. 그래도 이안이는 내려오지 않더니 해가 넘어지고 하늘에서 별꽃들이 피어나자 그제야 내려왔다.

선생님은 맥이 빠진 것 같았지만 그렇다고 이안이를 꾸짖지는 않았다.

겁 많은 아이가 기분이 어땠냐고 묻자, 다른 세상에 와 있는 기분이었다고 했다. 그리고 다음에는 더 높은 나무에 올라가겠다고 했다.

그때부터 아이는 이안이를 좋아했다.

"아까 한 말 있잖아?"

이안이가 낮게 말했다. 내가 뭐라 대답할 틈도 없이 이안이의 말이 이어졌다.

"우린 초등학교 졸업하고 많이 달라졌고, 그만큼 서로에 대해서 모른다고. 초등학교 졸업하고 사 년 정도 흘렀는데 그 시간이 한 십 년 이상 흐른 것처럼 느껴져. 어려서는 그날그날 현재의 시간만 흘러가는 것 같았는데, 중학생이 된 뒤로는 현재와 미래와 과거의 시간까지 마구 뒤엉켜서 흘러가는 것 같아. 그래서 길게 느껴지나 봐."

나는 이안이 앞으로 가서 앉았다.

"난 그 반대인데. 초등학교 때는 아주 영원한 시간 같고, 중학교부터 지금까지는 후딱 지나간 느낌이야. 학교 갔다 오면 학원 가고 집에 와서 자고 나면 다시 학교 가고……."

나는 이렇게 같은 시간을 살아가면서도 서로 다르구나 하는 것을 새삼 느꼈다. 여전히 이안이는 앉아 있는 자세를 조금도 허물지 않았다. 눈빛도 움직이지 않았다.

그에 비해서 나는 허리를 비틀고, 다리를 떨고, 목을 움직이는 둥 끊임없이 움직여야만 이렇게 둘만이 들이마시고 내뱉어야 하는 공기의 무게를 감당할 수 있었다. 이안이가 워낙 움직임이 없다 보니 혹시 꿈을 꾸는 것이 아닌가 하는 생각도 들었다.

한참 만에 이안이는 그렇게 흘러가는 시간의 지배를 받는 자신이 두렵다고 했다.

"우리 친구들은 어떻게 변해갈지, 난 또 어떻게 변해갈지, 진짜 의대에 가서 의사가 될지, 아니면 또 다른 모습으로 살아가게 될지…… 빈새야, 난 진짜 두려워. 지금 어른들을 보면, 엄마 아빠 말이야. 두려워. 그래서 있잖아, 언젠가 니가 물었지? 왜 이제 나무에 올라가지 않냐고? 난 그때부터 그런 생각이 들었어. 나무에 올라가면 얼마나 좋은지 아니? 처음에는 약간 무섭기도 하고 두렵기도 했는데, 나무랑 한 몸이라고 생각한 순간부터 어찌나 편해지던지. 생각해봐. 나무는 썩어서 부러지거나

시간 전달자

태풍에 뿌리가 뽑히기 전에는 넘어지지 않잖아? 그러니 나무는 땅이나 마찬가지야. 내가 나무에 올라가지 않는 것은 다시 내려오고 싶지 않기 때문이야. 근데 요즘 들어서 그런 생각이 더 많이 들어. 나무에 올라가서 나만의 시간으로 살고 싶다고."

"에구, 난 니가 무슨 말을 하는지 모르겠네."

나는 이안이가 무슨 말을 하는지 정확하게 알 수 없었다. 다시 침묵이 흘렀고, 이안이는 캔맥주를 비웠다.

이안이를 따라 장군의 유물이 있다는 방으로 들어갔다. 불을 켜자마자 나는 벽을 빠르게 훑어보았다. 정면 벽에 까만 천으로 가려진 곳에 장군의 초상화가 있었다. 까만 천을 내리자 장군의 모습이 드러났다.

"헉, 이게 장군님이야?"

"그래. 이순신 장군처럼 긴 칼을 들고 있지 않아서 실망했지? 실은 나도 그런 생각 했으니까. 옛날에는 다 이렇게 초상화를 그렸대. 관복을 입고. 가슴에 새겨진 동물은 해치야. 무인을 상징하는 것이래."

"아, 해치? 그렇구나! 근사하다. 이안아, 난 실망한 건 아니야. 칼이 없어서 장군 같지는 않지만, 오히려 평범하고 무서워 보이지 않는 얼굴이 좋아."

약간 오른쪽으로 얼굴을 돌리고 쏘아보고 있는 눈빛이 날카

로웠지만 부드러운 얼굴에 난 하얀 수염이 자상한 할아버지를 연상시켰다. 참으로 이상한 일이다.

나는 장군님 초상화를 휴대폰으로 찍기 시작했는데, 어느 순간부턴지 벽에 걸린 그분의 얼굴이 선생님처럼 보이기 시작했다. 어딘지 모르게 두 분이 닮은 것 같았다.

이안이가 유리관에 불을 켰다. 옛날 책과 왕이 직접 내렸다는 교지들이 진열되어 있었다. 그건 아무리 봐도 내가 모르는 것들이라 더 이상 관심을 가질 수도 없었다.

이안이는 거실로 나오자마자 피식 웃으면서 앉은뱅이책상 앞에 앉았다.

"아무튼 저분 때문에 수백 명의 후손들이 잘살았어. 더구나 운 좋게도 여기가 서울하고 가까운 곳이라 땅값도 어마어마하게 올라서 졸부가 된 사람도 있고."

"근데 말이야, 도대체 항이는 어떻게 장군님 초상화가 훼손되었다는 것을 알았을까? 그거 쉬쉬했다고 하던데, 우리 엄마도 잘 몰랐다고 하더라!"

이안이는 내 말을 기다렸다는 듯이 다소 엉뚱하게 말했다.

"항이는 자폐아라서 전체적으로 지능지수가 떨어지지만, 우리가 알 수 없는 뭔가 특별한 부분에서는 우리보다 빼어나. 난 그것이 촉각 같은 것이라고 생각해. 그놈은 사람들 표정만 보고도 무슨 생각을 하는지 아는 것 같아. 아마도 지 아빠의 표정

시간 전달자

을 보고 장군님 초상화가 훼손되었다는 것을 알아냈을 거야. 항이 아빠가 그 사실을 가장 먼저 알았거든."

나는 군이 이안이 말을 반박하지 않았다. 대신 자정이 가까워졌으니까 슬슬 일어나야 한다는 표정을 지으면서 왜 나를 이곳으로 불러냈냐고 물었다.

이안이는 조금도 높낮이가 없는 건조한 목소리로 빠르게 내뱉었다.

"난 며칠 전에 이 초상화를 보는 순간 옛 그림 산신도에 나오는 산신령님 같다는 생각이 들었고, 그러면서 산신령이 갖고 있는 부채가 생각났어. 우리 할머니도 그런 부채를 갖고 있다가 누군가에게 물려줬을 테니까."

그러고 보니 나도 장군님의 초상화가 옛 그림에서 본 산신령님이랑 비슷하다는 생각이 들었다. 그러면서 선생님이 상사 할아버지한테 부채나 청동거울 같은 물건을 진짜 물려받았을까 하는 궁금증이 더욱 강해졌다.

나도 모르게 이안이하고 눈을 마주치면서 낮게 말했다.

"진짜 시간 전달자가 있었을까? 주울이도 그런 말을 하더라. 걔네 아빠가 그랬다는데…… 요새 이상한 꿈이 자꾸 나타나는데, 꿈 같기도 하고 아닌 것 같기도 하고……."

"그거 꿈 아냐. 누군가 의도적으로, 우리한테, 우리 할머니랑 저 장군봉하고 관련된 이야기를 전달해주고 있는 거야. 그러니까 우리한테 어떤 시간을 전달하고 있는 것이지."

이안이는 나를 빤히 쳐다보면서 말했다. 내가 계속 "설마?" 혹은 "진짜?" 하고 물어도 전혀 눈빛이 흔들리지 않았다.

"그러니까 넌 시간 전달자가 있다고 믿는 거지?"

"그건 믿거나 말거나 진실이야. 실은 며칠 전에 아재를 찾아갔거든. 내가 할머니가 갖고 있었다고 전해지는 부채 얘기를 했더니, 아재는 이렇게 말했어. 난 요술부채가 아니라 여의주라고 들었다! 그걸 갖고 있으면 시간 전달자가 될 수 있다는 것도. 아재의 말로는, 할머니가 그것을 우리들 중 누군가에게 물려주겠다고 했다는 거야."

"하, 진짜로?"

"그렇다니까! 아재가 거짓말하겠니?"

"이게 말이 돼?"

"세상에는 이보다 더 불가사의한 일도 많아."

"좋아! 그렇다면, 선생님이 그것을 우리들 중 누군가에게 줬다면…… 된 거잖아? 누구한테 갔든 상관없는 거 아냐? 그건 선생님의 뜻이니까!"

나는 일부러 선생님의 뜻이라는 말에다 힘을 주고는 이안이를 지그시 쳐다보았다. 어떻게 그럴 수 있는지 모르겠지만 그는 가부좌를 튼 부처님처럼 앉아서 단 한 번도 몸을 움직이지 않았다.

나는 휴대폰을 열어 시간을 확인하고는, 깊은 숨을 내쉰 다음 장군봉이 개발된다는 소문이 사실이냐고 물었다. 그래놓고도 가슴이 떨려서 다시금 깊은 숨을 내쉬고는 한 손으로 가슴을 문질렀다. 손에서 땀이 나는 것 같았다.

이안이는 끝내 내 말에 대답하지 않았다.

"야, 그게 사실이냐고? 엉! 뭐라고 말 좀 해봐!"

이안이는 내가 어깨를 흔들고 몇 번이나 내리쳐도 한마디 말이 없더니, 신발장 쪽으로 가서 신발을 신자 끄윽끄윽 울음소리가 들렸다. 그는 거실 바닥에다 얼굴을 처박은 채 울고 있었다.

나는 신발을 신고 있다는 것도 잊은 채 그에게로 달려갔다.

"빈새야, 나 말이야. 나, 난, 난 말이야, 난 진짜 미쳐버릴 것 같아. 이건 말도 안 돼! 아아아아!"

나도 모르게 이안이를 꼭 안고 있었다. 그의 목소리가 내 몸을 통과해서 어디론가 날아가는 것만 같았다.

엄마에 대한 딸의 예의

12월의 첫날이다. 학원에 갔다 와서 가방을 풀자마자 침대에 앉아서 휴대폰을 끄집어냈다. 동네 친구들 단톡방부터 들어갔다. 장군봉이 팔린다는 소문이 맹위를 떨치기 시작하면서부터 항이는 더 이상 글을 올리지 않았고, 다른 친구들만 여기저기서 귀동냥한 소문을 부지런히 올리고 있었다.

교상이가 문중 총무랑 동산마을에 사는 교수라는 사람이 시내에 있는 카페에서 만나는 것을 목격했다는 글을 올렸다. 카페 바깥에서 찍은 흐릿한 사진까지 올렸다. 그 사진을 확대해 보니 한 사람은 총무가 확실해 보였지만 그 반대편에 앉아 있는 사람은 너무 흐려서 누군지 분간할 수 없었다.

시간 전달자

―내가 그분들의 표정을 봤거든. 근데 총무의 표정이 훨씬 더 밝았어.
　　그래서 이런 생각이 들더라. 어쩌면 말이야, 문중 어른들이 장군봉
　　을 팔겠다는 소문을 의도적으로 흘렸을 수도 있다고. 만약 그렇다면
　　기발한 생각 아니냐?

　교상이의 글이 올라오자 주울이가 재빠르게 맞장구쳤다.

　　―오, 그럴 듯해!
　　―그 교수라는 사람이 당황하는 것 같았어.
　　―그럴 테지. 문중에서 이렇게 나오리라고는 상상도 못했을 테니까!

　교상이랑 주울이는 그 소문의 진상을 이제야 알겠다고 확신
했다. 동산마을 사람들은 집요하게 선생님 무덤을 이장하라고
물고 늘어지고 있었다. 사실 이안이네가 할 수 있는 선택은 거
의 없었다. 문중 사람들 역시 외지인들이 괘씸하기는 해도 그
렇다고 법적으로 대응할 수도 없었다. 그때 누군가 이 방법을
제시했을 것이다.

　　―좋아. 너희 뜻대로 무덤을 이장할 거야. 대신 이 숲도 팔아버릴 거야.
　　이 숲의 혜택을 가장 많이 보고 있는 것은 너희 외지인들이잖아! 그
　　러니까 알아서 해라!

교상이는 문중 어른들이 그렇게 배수의 진을 치고 의도적으로 소문을 흘렸을 것이라고 추리했다. 주울이도 거기에 동조했다.

나도 충분히 그럴듯한 추리라고 했다. 사실 그 골짜기에 사는 사람들에게 왜 여기에다 집 지을 생각을 했냐고 물어본다면, 모두가 장군봉의 아름다운 숲 때문이라고 말할 것이다. 그래서 이 동네에 있는 부동산 사무실마다 경쟁적으로 장군봉 숲 사진을 걸어놓았고, 천혜의 자연 환경인 장군봉 주위에다 집을 짓고 사는 것이야말로 아무나 누릴 수 없는 혜택이라는 점을 강조했다. 실제로 장군봉 숲이 개발되면 이곳을 떠나겠다는 사람들의 목소리도 제법 들렸다.

— 그래! 그런 숲이 개발된다고 해봐. 당장 가장 피해를 보는 이들이 누구겠어? 동산마을 사람들 같은 외지인들이지. 자, 그러니 이제는 그 사람들이 우리한테 사정해야 하는 거 아냐? 제발 숲을 개발하지 말아달라고.

나도 그렇게 생각했다. 지난 가으내 그 소문 때문에 우울하고 힘들어했는데 이제는 교상이 말처럼 그럴 필요가 없어졌으면 좋겠다. 나도 긍정적인 생각을 갖기로 했다.

선생님 묘를 이장하고 나서 장군봉을 팔기로 했다는 소문의 진실은 아직 확인되지 않았다. 아빠가 원주민 부동산을 하고 있기 때문에 그쪽 소문을 가장 빨리 접수한다는 교상이도 확정된 것은 하나도 없다고 했다. 문중 어른들 사이에서 그런 말이 나온 것이 사실이기는 해도, 여러 사람들의 명의로 되어 있는 산을 팔기란 그리 쉽지 않다고 했다.

결국 교상이는 문중 사람들이 홧김에 그런 말을 내뱉었을 가능성이 크다고 자신의 입장을 정리했다.

나는 제발 교상이 말이 맞기를 바라면서 치상이 오빠한테 온 전화를 받았다. 치상이 오빠는 자신의 진로 때문에 아빠한테 자문하고 싶다면서 전화번호를 알려달라고 했다. 나는 아빠의 전화번호를 알려주고 끊으려다가 조금 전에 친구들이랑 주고받은 카톡 내용을 알려주었다.

내 이야기를 끝까지 들은 치상이 오빠는 한숨부터 내뱉었다.

"빈새야, 니들은 아직도 동화책 읽냐? 그런 소문이 그렇게 구체적으로 돌고 있다는 것은 이미 사람들 마음이 그만큼 움직였다는 뜻이야. 우리야 문중 사람이 아니니까 크게 상관없지만, 막말로 너흰 좋은 거 아니냐? 내가 알기로는 니네 집도 오빠 때문에 엄청 힘들어할 텐데. 다른 사람들도 다 마찬가지야. 그걸 팔게 되면 어마어마한 공돈을 쥐게 되는데, 그걸 마다할 사람이 있겠니?"

나는 그런 생각을 한 번도 해본 적이 없어서 치상이 오빠의 말을 제대로 이해할 수가 없었다. 더구나 우리 부모님이 돈 때문에 산을 팔겠다고 하는 사람들 의견에 동조할 것이라는 말은 절대 받아들일 수가 없었다.

"물론 장군봉에 있는 숲 하나는 우리 가족이 가꾼 거야. 우리 부모님, 할아버지 할머니, 그리고 큰아빠 작은아빠 고모들까지 청춘을 바쳐서 키운 숲이야. 우리가 맡은 숲은 그늘져서 가장 나무가 안 자랐고, 특히 소나무 병이 많아서 엄청 고생했대. 더구나 근처에 물이 없어서 날마다 물지게를 지고 그 꼭대기까지 올라가서 물을 주었대. 가끔씩 어른들이 만나면 그런 이야기를 하는데, 진짜 존경스러워. 우린 조상 대대로 이 마을에서 살기는 했지만 너희랑 같은 문중은 아니야. 다만 우리 아빠가 뒷동산에 불을 내서 어쩔 수 없이 그 골짜기 하나를 책임지고 맡아서 숲을 살려냈을 뿐이야. 그러니까 그 숲은 우리 가족에게는 사는 집만큼이나 소중한 곳이지만, 실제적으로 그 숲에 대한 법적인 권리를 행사할 수는 없다는 뜻이야. 문중 사람들이 그 산을 팔기 위해서는 여러 사람들 허락을 맡아야 하지만, 우리한테는 허락을 맡을 필요가 없다는 뜻이지. 알겠니?"

나는 치상이 오빠가 문중 사람이 아니라는 사실을 처음 알았다. 장군봉에 있는 일곱 개의 숲을 가꾼 사람들은 당연히 모두 문중 사람들이라고 생각하고 있었고, 그분들이 숲에 대한 절대적인 권리를 가지고 있을 것이라고 생각했다.

나는 그 이야기를 주울이한테 속삭였다. 치상이 오빠하고 전화를 끊자마자 주울이가 전화를 걸어왔기 때문이다. 주울이는 그런 사실을 이제야 알았냐고 하면서, 치상이 오빠 입장에서 보면 그렇게 생각할 수도 있다고 말했다.

주울이는 치상이 오빠네가 숲을 가꾼 것은 사실이지만 그 땅에 대한 권리가 없기 때문에 이번 사태를 바라다보는 관점도 다를 수밖에 없다고 했다.

"오빠네 입장에서는 어떻게 되든 상관없잖아? 산이 팔려도 떡고물 하나 떨어지지 않을 테니까. 그래서 문중 사람들을 비판적으로 바라보는 거야. 그렇게 이해하면 돼. 알았지?"

"빈새야, 엄마랑 차 한 잔 하자!"

엄마가 불러서 나갔더니 집 앞쪽 테라스 앞에서 장작불이 타오르고 있었다.

활활 타오르는 불길이 엄마의 얼굴을 환하게 비춰주었다. 엄마는 얼굴부터 뱃살까지 통통하게 살이 오른 한국 아주머니의 전형적인 모습이었다.

엄마가 나한테 차를 따라주면서 간식으로 쿠키가 든 그릇을 내밀었다.

이렇게 마당에다 불을 피우는 것은 항상 엄마의 몫이었다. 어렸을 때는 그런 엄마를 보고 고개를 갸우뚱하기도 했다. 왜

냐면 어느 집을 가든 항상 마당에다 불을 피우는 것은 남자들이었기 때문이다. 그러면서도 엄마만큼 불을 잘 피우는 사람이 없다는 생각도 했다. 엄마는 항상 라이터 불로 시작했지만 화염방사기 같은 토치를 이용하는 것보다 더 빠르게 불을 살려냈으며, 주위에 있는 사람들이 편안하도록 연기를 안정시켰다.

나는 그런 생각을 하면서 엄마야말로 불의 요정이라고 했다.

"그거 칭찬이지? 고맙다. 엄만 진짜 불이 좋아. 불을 보고 있으면 아무런 생각이 안 나."

엄마는 빨간 숯불을 보면 어떤 근원을 생각하게 된다고 했다. 그러면서 어린 시절에 유독 불을 좋아했던 아이에 대한 이야기를 풀어놓았다.

"우리는 중학생이 된 지 얼마 안 되는 봄날 햇볕이 잘 드는 뒷동산 기슭에 모였어. 새로 시작된 중학교 생활에 대한 이야기를 하고 있었는데, 누군가 성냥갑을 끄집어내서 불을 피우는 거야. 그걸 보는 순간 우리들은 모두 환호성을 질렀지. 불놀이는 주로 초등학교 때 하는 놀이였지만 막상 불을 보자 다들 '오랜만에 불놀이 한 번 해볼까!' 하는 표정을 지은 거야."

남자 아이들이 마른 풀에다 불을 놓았다. 그때까지만 해도 바람이 자고 있어서 큰 문제가 되지 않았다. 아이들이 소나무 가지를 꺾어서 몇 번 내리치자 불은 너무 싱겁게 꺼져버렸다. 그것을 보면서 아이들은 자신들이 그만큼 큰 것이라고 생각했고, 점점 대담해질 수밖에 없었다.

"그러다가 누군가 무덤가에 있는 억새숲을 손가락질하자, 난 솔직히 놀랐지만 차마 말을 할 수가 없었어. 드디어 성냥불이 마른 억새숲 근처에 옮겨 붙었고, 서서히 불길이 옮겨가더니 삽시간에 불기둥이 하늘로 솟아올랐어. 그때 바람이 일었고, 순간적으로 뒤를 돌아다보니 사방으로 불길이 뛰어다니고 있는 거야. 나는 왜 어른들이 봄 불은 뛰어다닌다고 하는지 알았어. 남자아이들이 솔가지를 내리치면서 불을 껐는데, 그렇게 내리칠 때마다 불길은 사방으로 뛰어나갔어. 수많은 조상님이 잠들어 있는 성지나 다름없는 뒷동산 전체가 불바다로 이글거렸는데, 그게 불과 몇 초 만에 일어난 일이야."

엄마는 그때 세상이 끝난 줄 알았다고 하면서, 깊은 숨을 내뱉었다. 그래, 그렇게 큰 산이 타버릴 줄은 몰랐을 것이다. 밤마다 장군봉 미륵바위 위에서는 호랑이가 파란 불을 켜고 있어서, 그것이 거대한 거인의 눈으로 보일 정도로 절대자 같았던 산이 저항 한 번 해보지도 못하고 홀라당 타버리는 것을 보고는 이렇게 세상이 끝나는구나 하는 생각을 몇 번이나 했다.

"그때만 해도 산이란 말이야, 호랑이도 살지, 산신령, 온갖 신화가 바글거리는 그 산이란, 어린 나에게는 영원불멸의 존재였어. 어떻게 그런 숲이 사라진다고 생각했겠니?"

엄마는 그 뒤로 불이 두려워서 촛불도 켜지 못했다가 아이를 낳고 나서야 다시금 그 따스한 불길이 그리워졌다고 희미하게 웃었다.

나는 엄마가 마음껏 과거를 되돌아볼 수 있도록 한 번도 질문 따위를 던지지 않았다. 엄마는 이야기를 하면서도 모닥불에게 먹이를 주듯이 일정한 간격으로 장작을 내밀었다. 나는 엄마가 준 차를 마시면서 일곱 개의 숲이 만들어지는 과정을 자세히 이야기해달라고 했다.

엄마는 이곳에서는 도저히 볼 수 없는 장군봉 쪽으로 눈길을 돌리고는 미안하다는 말부터 흘렸다. 내가 이렇게 성장하기 전에, 아주 벌써부터 그 이야기를 해주려고 생각하고 있었는데 바쁘다는 핑계로 혹은 유진하 선생님이 다 알아서 들려줬을 것이라고 짐작하고는 지금껏 미뤄왔다고 자신을 타박했다.

엄마의 입에서 처음으로 상사할아버지라는 말이 나왔다. 나는 처음 듣는 아이의 눈빛으로 엄마를 쳐다보았다.

"그분은 키가 엄청 크고 항상 상사계급장이 달린 군인모자를 쓰고 다녔어. 우리가 산에서 놀고 있으면 어느새 다가와서 이것저것 숲에 대해서 가르쳐주었어. 숲에 사는 나무와 동물은 인간들 소유가 아니다. 나무를 베거나 동물을 잡으려면 산신령님의 허락을 맡아야 한다. 그러니 산토끼 한 마리를 잡더라도 산신령님께 미리 말씀드리고, 잡고 나면 고맙습니다 하고 동서남북 큰절을 하라고 했어. 그러니까 그분은 우리한테는 선생님

시간 전달자

이었어. 유진하 선생님이 너희들한테 했던 것처럼. 그래도 우리 선생님이라고 못하고 상사할아버지라고 한 거야. 그땐 그게 더 자연스러웠어."

엄마는 상사할아버지에 대한 이야기를 하다가 갑자기 유진하 선생님에 대한 이야기로 방향을 바꿨다.

유진하 선생님은 당시 중학교에서 아이들을 가르치고 있었기 때문에 따로 나가서 살았고, 어린 아들은 할머니가 키우고 있었다. 선생님은 상사할아버지가 돌아가시기 일 년 전쯤에 마을로 들어왔다. 남편이 갑자기 교통사고로 돌아가시게 되었고, 그러자 선생님도 그 충격으로 몸이 아프기 시작해서 결국은 학교를 그만두게 된 것이다.

당시에는 새마을운동이 전국을 휩쓸던 시절이었는데, 산림녹화 사업도 병행되었다. 정부에서는 불이 난 장군봉에다 무조건 빨리 자라는 버드나무 종류를 심으라고만 했다. 근데 그게 제대로 자라지 않았다.

선생님의 아들도 불을 낸 일곱 명의 아이들 중 하나였고, 그래서 그분은 죽은 소나무나 일본 은사시나무 같은 버드나무 종류를 베어내고 자작나무를 심기 시작했다. 선생님이 워낙 느릿느릿 티 안 내고 일을 해서 대부분의 사람들은 숲이 변해가는 것을 몰랐고, 알고 있는 사람들도 별 기대를 안 했다.

그런데 어느 날 선생님네 숲을 보니 줄기가 가늘고 야들야들한 나무들이 빽빽하게 솟아오르고 있었다. 사계절 내내 그 숲에서 살아가던 선생님의 얼굴이 건강해졌음을 사람들은 뒤늦게 알았다.

"나무 한 그루를 심을 때도 그 나무의 성질과 토양이 맞는지 잘 분석해서 심어야 하는데, 정부에서는 무조건 빨리 자라는 버드나무들이 좋다는 생각만으로 산림정책을 세워서 획일적으로 밀어붙인 결과, 숲이 이렇게 엉망이 되어버린 겁니다. 원래 이 산에 살았던 소나무들조차 수많은 병에 걸려버렸는데, 아마도 이 땅에 맞지 않는 나무들이 살아가면서 토양이 변한 게 아닌가 하는 생각이 들어요. 그래서 그런 병이 많아진 것이지요. 결과적으로 말씀드리자면 이 땅에서 가장 잘 살아갈 수 있는 나무들이 들어서야 한다는 뜻입니다. 그래서 저희는 자작나무 숲으로 바꾼 겁니다."

그때부터 사람들은 선생님의 조언을 받으면서 다양한 나무를 받아들이기 시작했다.

엄마는 결혼해 두 아이를 낳아 키우면서도 숲에 대해서 알려주어야겠다는 생각을 하지 못했다고 고백했다. 그러다가 내가 다섯 살 때 처음으로 선생님이 이안이랑 항이를 숲에 데리고 다니면서 가르친다는 이야기를 들었다. 그 순간 상사할아버지가 생각났고, 바로 선생님한테 전화를 걸었다.

선생님은 기꺼이 나를 맡아주겠다고 했다. 단 조건을 붙였다. 특별한 일이 없으면 초등학교에 들어가기 전까지는 일주일에 삼 일 이상을 자신에게 맡겨둘 것, 무슨 교육을 하든 절대 간섭하지 말 것, 특히 한 달에 한두 번씩 밤에 숲에 데려가는 것도 믿고 맡겨줄 것, 가끔씩 간식을 싸주는 것 정도만 부탁하고, 교육비는 받지 않는다.

엄마는 일주일에 삼 일 이상이라는 말을 듣는 순간 얼마나 좋았는지 모른다며 웃었다. 당시 엄마는 기간제 교사였기 때문에 어딘가에 아이를 맡겨야만 했는데, 그 문제가 해결되었기 때문이다. 그래서 나는 월요일부터 토요일까지 선생님이랑 시간을 보냈다. 엄마는 선생님한테 진심으로 고맙다는 인사를 했고, 몇 번이나 사례비를 지급하려고 했다. 그러자 선생님이 상 사할아버지의 무덤 앞으로 가더니, 이분이 받으라고 하면 그리하겠다고 말했다.

"어떻게 숲을 가르치면서 돈을 받는단 말인가? 빈새 엄마, 이 숲 때문에 내가 살아났다네. 그리고 이 숲 때문에 우리 후손들이 건강하게 자라지 않는가? 그 이상 무엇을 더 바라겠는가?"

엄마는 그렇게 회상하면서, 우리는 이 세상에서 가장 복 받은 사람이라고 말꼬리를 흐렸다.

바람이 불어 연기를 일으켰다. 그러자 엄마가 모닥불 앞에다 의자를 놓고 판자로 막았다. 엄마는 다시 연기가 가라앉자 나를 보고는 도대체 무슨 생각으로 선생님이 그곳에다 묻어달라고 했는지 알 수 없다고 했다. 하필 왜 산신령 할아버지의 무덤 옆이었는지도 궁금하다고 하면서, 선생님의 평소 성품으로 보면 적당한 곳에다 수목장을 하는 것이 가장 자연스러웠을 것이라고 했다. 그랬다면 지금과 같은 일도 벌어지지 않았을 텐데.

"오늘 엄마가 너를 보자고 한 것은, 너무 어른들 일에 신경 쓰지 말라는 거야. 요즘 동네에 하도 많은 소문이 난무하고 있고, 그래서 너뿐만 아니라 이안이랑 주울이, 항이, 교상이도 다 혼란스러울 거야. 어제도 이안이 아빠랑 통화했는데, 선생님 돌아가신 뒤로 통 공부도 하지 않는다고 하고, 식구들이랑 말도 안 한대. 항이는 아예 학교에서 오면 방문을 걸어 잠근다고 하고, 주울이도 예민하다고 하고."

그것이 엄마가 가장 하고 싶은 말이었구나, 하고 깨닫는 순간 다시 바람이 일어 연기를 내 눈으로 날렸다. 뭔가 정신 차리라고 하는 것 같았다.

"엄만 지금 이상한 소문이 나고 그러는 게 선생님 때문이라고 생각해?"

나도 모르게 도발적으로 물었다. 엄마는 예상했다는 듯이 피식 웃었다.

"결과적으로 그렇게 되어버렸잖아?"

엄마의 말에 나는 다시 피식 웃으며 어이없다는 표정을 일부러 지었다. 엄마의 입에서 그런 말이 나오자 이상하게도 서운했지만 그렇다고 뭐라 맞받아칠 수는 없었다.

"선생님 묘는 이장할 수밖에 없게 됐어. 어제 이안이 아빠가 그러더라. 행정심판까지 갔는데 다 졌대. 이제 어쩔 수 없다. 지금도 외지인들이 계속 구청에다 민원 넣고 있는 상태고. 그러니 문중 사람들이 화가 날 만도 하지."

"엄마는 그래서 저 숲을 파는 게 맞다고 생각해?"

"녀석, 목소리에 가시가 박혀 있네. 아직 아무것도 결정 난 게 없어. 그러니 너희들은……."

"그러니 너희들은 어른들 하는 일에 신경 쓰지 말고 공부나 하라, 그 말이지?"

나도 모르게 엄마의 말을 가로챘고, 기습을 당한 엄마는 무척이나 놀란 눈빛이었다. 그래도 엄마는 화를 내거나 목소리를 높이지 않았고, 애써 나를 진정시키려고 했다.

"난, 엄마만큼은 끝까지 반대했으면 해. 당연히 그럴 거라고 믿지만……."

엄마가 내 말을 끝까지 들어주지 않았다. 어른들 특유의 훈계할 때의 그런 눈빛이었다.

"빈새야, 아직 결정된 건 아무것도 없다고 했잖아!"

"그렇다고 엄만 반대하는 것도 아니잖아? 그게 중요하지."

"솔직히 엄마도 아직 몰라. 그게 엄마 혼자서 결정할 문제도 아니고. 다만 분명한 것은 선생님 묘 문제, 즉 강제로 묘를 이장하는 일만 없다면 절대 허락하지 않을 거야."

그 순간 나는 엄마한테 비겁하다고, 차라리 돈 때문이라고 솔직하게 말하면 이렇게 서운하지 않을 것이라고 소리치고 싶었으나 말이 나오지 않았다. 왜 그랬는지 모르겠다. 어쩌면 아직까지는 엄마한테 희망을 걸고 있는지도 모른다. 그렇게 내 자신을 달래면서 재빠르게 화제를 바꿨다.

"근데 왜 아빠는 엄마 동네에 와서 살아? 보통은 엄마가 아빠네 마을에 가서 살잖아? 아빠 데릴사위였어?"

그 말에 눈을 찌푸리면서 쏘아본다는 것은 내 말의 진위를 의심하고 있다는 뜻이었다. 물론 나도 대충은 짐작하고 있었다. 그랬을 뿐 그 누구한테도 정식으로 들은 것은 없었다. 그래서 내가 짐작하고 있는 것들이 맞는지 확인하고 싶었다. 내가 아무런 말을 하지 않자 엄마가 입을 열었다.

"그야 당연하잖아? 난 그 숲을 가꾸면서 평생 살겠다고 마을 사람들 앞에서 서명을 했거든. 우리 친구들 다 그랬어. 그래서 서울에서 대학을 나온 뒤에도 일부러 이 지역으로 내려왔어. 그것 때문에 아빠가 많이 불편했지만 참아주었고. 물론 이제는 세상이 변했기 때문에 주울이네랑 교상이네가 시내로 이사했지만, 난 특별한 일이 없으면 여기서 살고 싶어."

"그 숲이 사라져도……."

시간 전달자

나는 거기까지 말하고는 자리에서 일어났다. 지금은 내가 그 어떤 말을 해도 엄마가 겪고 있을 아픔과 혼란을 느낄 수는 없을 것 같았다. 엄마는 한평생 그 숲에서 거의 모든 시간을 보냈다고 해도 과언이 아니다. 그러니 숲에 있는 나무들은 자식들 같고, 흙은 당신의 살덩이 같을 것이다. 그런 숲을 엄마가 쉽게 포기할 것이라고는 생각하고 싶지 않았다. 어쩌면 훗날 신화로 남을지도 모르는 그런 세상을 창조해낸 엄마라는 생명체의 힘을 믿고 싶었다. 그러기로 했다. 그래서 나는 "그 숲이 사라져도……." 하고 애매하게 말끝을 흐리면서 물음표도 날리지 않았다. 그것이 내가 알고 있는 엄마에 대한 딸의 예의라고 생각했다.

***

대문 밖에서 문중 총무가 "빈새야!" 하고 불렀다. 나는 분명 "예!" 하고 소리쳤는데 입에서는 "왜 불러?" 하고 반말이 튀어나왔다. 대문 밖에 십여 명 모여 있었다. 그중에는 우리 친구들도 섞여 있었다. 그들은 친구처럼 자연스럽게 말했다.

우리는 마을회관 안으로 들어가자마자 벌 받는 아이들처럼 무릎을 꿇고 고개를 숙였다. 나는 왜 이렇게 해야 하는지도 알수 없었다. 선생님 장례식 날 동산마을 교수라는 사람네 집 앞에서 무릎을 꿇고 있었던 기억이 났다. 마을 어른들이 모여서 뭐라고 웅성거리고 있었다. 이윽고 아재처럼 생긴 분이 헛기침을 하면서 나섰다.

그분은 최근 몇 달 사이에 우리 마을에서는 참으로 불미스러운 일이 연달아 발생했다고 말했다. 패싸움을 비롯하여 성폭행, 절도 같은 사건이 잇따라 발생해서 날마다 경찰이 드나들고 다른 마을 사람들의 손가락질을 받게 되었다고 하면서 조상님들한테 부끄럽다고 한탄했다. 그것도 다 미성년자인 중고등학생들이 일으킨 사건이니, 이것은 곧 어른들 책임이라고 했다. 그러면서 어젯밤에 돌아가신 상사할아버지의 유언대로 이번 장례식은 청년들에게 맡긴다고 했다.

"그 어른께서는 이렇게 말씀하셨습니다. 한 생명의 죽음을 직접 느껴야만 살아 있는 것이 얼마나 소중한지 알 수 있다. 그래서 내가 죽은 뒤 흙에 묻히는 모든 과정을 청년들에게 맡긴다. 입관하고, 상여를 메고, 잔디를 입히는 과정까지 모두 청년들이 한다!"

우리는 곧장 또 어디론가 이동했는데, 그곳은 아재네 집이었다. 마당에서 아재하고 거의 비슷하게 생긴 어른이 요령을 흔들면서 우리들에게 만가*를 가르쳤다. 옛날에는 여자들이나 장

---

* 상여꾼들이 상여를 메고 가면서 부르는 구슬픈 소리

시간 전달자

가를 가지 않은 사람은 상여를 멜 자격이 없었으나 지금은 특별한 상황이기 때문에 이렇게 만가를 가르치게 되었으니, 모두 정신 똑바로 차리고 배워달라고 부탁했다. 얼굴이 아재랑 비슷한 걸로 보아 부자지간이라는 것을 알 수 있었다.

나는 병풍 뒤에 누워 있는 상사할아버지를 보는 순간 하마터면 "선생님!" 하고 소리칠 뻔했다. 상사할아버지의 얼굴은 하얀 종이에 덮여 있었는데, 누군가 그걸 들어올리자 선생님으로 보였던 것이다.

우리는 꽃상여 양쪽에 키 순서대로 섰다. 나랑 주울이가 맨 뒤에 섰다.

상여는 선생님의 관보다 수천 배 이상 무거웠다. 저 장군봉을 압축해서 상여에다 싣는다고 해도 이렇게 무겁지는 않을 것 같았다. 다리가 풀리고 주저앉고 싶었다. 그때마다 우리는 미친 듯이 만가를 불렀다. 그래야만 버틸 수 있었다.

엄마랑 아빠가 옆에서 힘을 내라고 했다. 우리 반 친구들도 몇 명 보였다. 상여는 동산마을로 접어들었다. 동산마을 사람들이 차단기 앞에서 두 줄로 막아섰다. 주택가 옆에 들어서는 무덤을 반대하는 피켓을 들고 소리치는 사람도 있었다.

우리가 상여로 차단기를 밀어붙이자 어느새 동산마을 사람들이 고급 외제차로 이중 삼중 사중으로 벽을 쌓았다. 그래도 우리는 멈추지 않았다. 나는 눈을 감은 채 만가를 불렀다. 지금까지 살아오면서 그토록 절실하게 노래를 불러본 적이 없었다. 수많은 구경꾼들이 몰려들었다. 우리는 구경하고 있던 아이들이 "와아, 상여꾼들의 발이 호랑이 같다!" 하고 소리치는 소리를 들었다. 우리는 거침없이 앞으로 나아갔다. 차단기가 부러졌다. 승용차들을 밟고 넘어갔다. 온몸이 깃털처럼 가벼웠다. 상여꾼들은 그 자작나무 언덕 아래에다 상여를 내려놓았다. 그리고 돌아다보자 옆에 새로운 무덤 하나가 돋아나 있었다. 선생님 무덤이었다.

시간 전달자가 되기를 거부한 아재

아침에 눈을 떴을 때, 나는 팔다리가 아파서 제대로 몸을 움직일 수가 없었다. 꿈이라고 하기에는 너무나도 생생했다. 마치 내가 상사할아버지의 장례식을 치르고 온 기분이었다. 이미 카톡방에는 모든 친구가 다 들어와 있었다.

—야, 그건 꿈이 아냐! 시간 전달자인 누군가가 우리한테 그런 시간을
　전달한 것이고, 우린 그 시간 속으로 들어갔다가 나온 거야. 그러니
　까 팔다리가 아픈 건 당연해. 실제로 우린 상사할아버지 장례식을
　치른 거니까!

이안이가 제법 길게 글을 올리자 다들 믿어지지 않는다고

하면서도, 요 며칠간 똑같은 현상이 계속 되풀이되자 이제는 이안이 말이 맞을지도 모른다고 동조하였다.

— 뭐가 뭔지 모르겠지만 그냥 단순한 꿈은 아냐. 그건 분명해.
— 나도 그렇게 생각해.
— 나도!

한동안 글이 올라오지 않자, 이안이 며칠 전에 아재를 만나서 시간 전달자에 대한 이야기를 들었다고 했다. 그러자 누군가 그럼 우리도 아재한테 가서 직접 물어보자고 글을 올렸다.
우리는 오늘 저녁에 마을 앞 편의점에서 모이기로 했다.

아침에 카톡방에서는 모두 다 모이기로 했지만 막상 모인 사람은 셋이었다. 이안이는 갑자기 학교 친구한테 일이 생겨서 어쩔 수 없이 빠지겠다고 했으니 이해가 됐지만 항이는 이렇다저렇다 한마디 말이 없었다. 심지어 전화도 받지 않았다. 결국 우리는 그렇게 셋이서 제법 겨울 행세를 하는 저녁바람을 맞으면서 걸었다.
동산마을을 왼쪽으로 끼고 십 분 정도 걸어가자 마을에서 홀로 떨어져 있는 작은 슬레이트집이 보였다. 그나마 사람은 물론이요, 그 어떤 귀신도 함부로 넘보지 못할 정도로 나이가 든 감나무가 지켜주고 있어서 보는 이의 마음을 편하게 해주었다.

우리는 마당에서 아재를 불렀다.

아재는 어린애처럼 놀라면서도 수줍음 가득한 눈빛으로 우리를 맞이했다. 텔레비전이 있는 방이 안방 겸 거실이었다. 아재는 마시는 비타민 C를 손님 접대용으로 한 병씩 내놓았다.

이상하게도 아재는 우리들의 눈을 오래 쳐다보지 못했다. 오래 살아온 사람들이 자연스럽게 누리는 특권 중에 하나가 어린아이들을 내려다보는 것이다. 그런데 지금 우리 앞에 있는 저 늙은 감나무 같은 사람한테서는 도무지 그런 눈빛을 찾아볼 수 없었다.

주울이가 먼저 입을 열었다.

"이안이한테 얘기를 들었는데요. 그 뭐냐, 유진하 선생님이 요술부채를 가지고 계셨다고 하더라고요. 우리 아빠는 그것이 청동 거울 같은 것이라고 하고……."

아재는 누런 이가 드러나도록 살짝 입을 벌리고는 허허허 웃었다.

"알겠다. 시간 전달자가 진짜 있냐고, 그게 궁금한 거지? 재작년에 이런 일이 있었어……."

선생님은 병문안 온 아재를 데리고 병원 밖에 있는 야외 휴게실로 가더니, 불쑥 시간 전달자에 대해서 아냐고 물었다.

"내가 이야기로만 들었다고 하자, 당신이 시간 전달자라고

하면서 그 유물을 상사할아버지한테 물려받았는데 이제 나한
테 맡아달라고 하는 거야. 그제야 그것이 진실이라는 것을 알
았고, 그때부터 당황하면서 부담스러워지기 시작했어. 난 살
날도 얼마 남지 않았고, 선생님처럼 살아갈 자신이 없었거든.
그래서 거절한 거란다. 몇 번이나 부탁했지만 거절했지. 그리
고 집에 오니까 그게 꿈이더란 말이야. 근데 말이야, 그다음 날
병문안 가니까 병실에 있는 사람들이 나를 알아보는 것이여.
카악, 칵, 어제 오시지 않았냐고? 난 첨 가는 것이었거든. 그래,
그런 일이 있었지."

아재는 다시 일어나서 화장실에 다녀왔다.

갑자기 교상이가 상사할아버지 장례식 치르는 꿈도 꿨다고
하면서, 그거 실제로 있었던 일이지요 하고 물었다. 아재가 얼
른 대답하지 않자 교상이가 속삭이듯이 덧붙였다.

"언젠가 아빠가 학교에서 말썽부린 형한테 그런 이야기를
한 것 같아서…… 형한테 물었더니, 히죽히죽 웃으면서 그냥
옛날이야기라고 하는 거예요. 근데 그게 마치 영화 보듯이 자
세히…… 허리도 엄청 아팠어요!"

교상이의 말이 다 끝나기도 전에 아재가 약간 놀란 표정을
지으면서 "그래, 사실이다." 하고 말했다.

"틀림없어. 시간 전달자가 너희들한테 그 일을 알려주고 싶

었던 거야. 그건 꿈하고는 조금 달라. 시간 전달자의 생각에 따라서, 너희들이 누군가의 시간 속으로 들어가서, 그 시간만큼 실제로 보고 듣고 움직이다가 돌아오는 것이니까!"

지금으로부터 삼십여 년 전이었다. 마을에서 살인미수, 성폭행 같은 사건이 연달아 일어났고 텔레비전 뉴스에까지 나왔다. 모두 마을에 살고 있는 학생들이 관련된 사건이었다.

당시 노환으로 누워 계시던 상사할아버지가 마을 어른들을 모아놓고 그런 유언을 했다. 처음에는 모두 반대했으나 워낙 당신의 뜻이 강한 것을 알고는 유족들도 허락했다.

"그때도 다들 이해할 수 없다고 했지. 애들한테 장례식을 맡긴 것도 그랬고, 응달 북향에다 홀로 묻어달라고 하는 것도 납득하기 어려웠지. 그때만 해도 뒷동산에 가면 좋은 묏자리가 많았거든. 그런데 뒷동산이 산사태로 사라져버리자 그제야 사람들은 그 어른이 대단한 분이라고 다시 한번 입을 모았어. 몇십 년 뒤에 일어날 일을 미리 알고서 그렇게 했다고 믿었던 것이지. 근데 요즘은 다른 생각도 들지. 단순히 당신 무덤이 사라질까 봐 자작나무 숲에다 묻어달라고 했을까? 더구나 유 선생까지 거기에다 묻어달라고 한 걸 보면, 뭔가 깊은 뜻이 있을 거야."

나는 아재가 숙모뻘인 선생님을 유 선생이라고 불렀다는 사실을 다시 확인했다. 아재뿐만 아니라 문중의 다른 어른들도 그렇게 부르는 경우가 많았다.

그만큼 친인척이라는 전통적인 인간관계가 약해지고 있었다는 뜻이기도 했고, 한편으로는 그만큼 선생님이 어른들에게도 존경받는 분이었음을 암시해주는 것이라고 생각했다.

무기력한 환경운동가들

항이한테 몇 번이나 카톡을 보냈다. 역시 답장이 오지 않았다. 나는 목구멍으로 거칠게 역류해오는 욕설을 마구 쏟아내면서 다시 전화를 걸었다. "당신을 향한 나의 사랑은 무조건 무조건이야. 당신을 향한 나의 사랑은 특급 사랑이야……." 항이의 십팔번인 〈무조건〉이라는 노래가 흥겹게 울려 퍼지고 있었으니까 휴대폰을 꺼놓은 상태는 아니었다.

나는 휴대폰을 끄고 오후에 직접 찾아가봐야겠다고 마음을 먹었다. 어차피 오늘 오후에 마을에서 치상이 오빠랑 만나기로 약속이 되어 있었다. 그 전에 항이네 집에 다녀올 여유가 있을 것 같았다. 기말고사도 끝났기 때문에 학교 수업도 일찍 마무리가 되었다.

나는 학교 친구들의 영화 보러 가자는 끈질긴 유혹을 뿌리치고 마을버스에 올랐다.

일주일 전부터 장군봉 숲이 개발된다는 소문은 훨씬 구체화되기 시작했다. 맨 먼저 노인요양병원이 들어선다고 했다. 그런데 사흘 전부터 갑자기 실버타운이 건설된다는 소문이 들렸다. 8층 아파트를 무려 2천 세대나 짓는다니!

그 소문을 가장 먼저 포착한 것도 항이였다. 항이는 즉시 그 내용을 카톡에다 올렸고, 교상이는 그의 머리카락이 소문을 전문적으로 포착할 수 있는 고성능 더듬이일지도 모른다는 농담을 했다.

항이는 그 이야기를 부모님에게 들었다고 했다.

우린 항이가 충분히 자신의 말을 할 수 있도록 기다려주었다. 누가 말하지 않아도 항이의 리듬을 끊어서는 안 된다는 것을 알고 있었다. 항이는 누군가 자신의 리듬을 끊어버리면 더 이상 글을 올리지 않았으니까.

항이 엄마는 오전에 나랑 통화하면서도 간밤에 남편이랑 했던 말을 대충 알려주었다. 저녁을 먹으면서 항이 아빠가 그 실버타운이 허가날 수 있겠냐고 물었던 모양이다.

"더구나 문중 총무가 전면에 나섰으니. 선생님 묘도 옮겨야 하는 게 사실이고요. 뭐 상황이 그러니 이제는 사람들이 맘만 먹으면 가능하겠죠."

"그렇군!"

"여보, 우린 어떡하죠?"

그 말에 항이 아빠는 한동안 침묵했다. 다시 항이 엄마가 말했다.

"요새 잠도 안 와요, 그 생각만 하면. 분명 이게 옳지 않다는 걸 알지만 세상은 변해버렸잖아요. 그 황금 땅을 사람들이 놔두겠어요! 그렇다고 해도 우리만큼은 변하지 말아야 하는데 솔직히 자신 없네요. 과연 우리가 끝까지 그 가치를 고수한다고 해서, 그것이 지켜질 것인가?"

항이 아빠는 여전히 아무런 말도 하지 않았다.

항이 엄마는 목이 타들어가는 갈증을 느꼈다고 했다. 마침 안방 베란다에 누군가 선물로 주고 간 양주병이 떠올랐다. 항이 엄마는 그것을 가지고 와서 병뚜껑을 연 다음 몇 모금 꼴깍 꼴깍 마셨다.

"여보, 근데 말예요. 항이만 생각하면…… 그 돈으로 원룸이나 상가건물 한두 동만 지어놓으면, 나중에 월세 받으면서 살 수 있을 텐데. 그런 생각이……."

항이 엄마는 거기까지 말한 것은 확실하게 알겠지만 그 이상은 기억이 나지 않는다고 했다.

나는 그 말을 들었을 때 가슴이 찡했으며 진심으로 그녀가 나를 엄마만큼이나 편하게 생각한다는 사실을 알았다. 그렇지 않고는 쉽게 할 수 있는 말이 아니었기 때문이다.

항이 엄마는 방문을 걸어 잠근 채 나오지 않는 아들이 걱정 이라고 했다. 그러니 나한테 항이를 어떻게 좀 달래보라는 뜻 이었다.

"항이는 뭔가 행동을 할 때 반드시 이유가 있어. 어젯밤에 내 가 한 말을 들은 모양이야."

"아마 그럴 거예요. 그러니 앞으로는 집 안에서 어른들이 이 야기할 때 조심하셔야 해요."

나는 그렇게 말하고는 이따가 오후에 집에 들르겠다고 했다.

항이는 아침부터 카톡에다 많은 글을 올렸다. 특히 엄마의 말에 분노한다고 하면서, 엄마가 숲을 파는 데 동의한다면 그 것은 정말 부끄러운 일이라고 했다.

나는 항이가 올린 글을 보고는 아침밥도 제대로 넘어가지 않았다. 내가 꾸역꾸역 밥을 목구멍으로 밀어 넣고 있을 때, 주 울이한테서 전화가 왔다. 주울이는 고해성사를 하듯이 자신의 감정을 쏟아냈다.

"우리 부모님도 어젯밤에 그 문제를 이야기하시더라. 솔직히 우리야 항이네만큼 힘들지는 않아. 먹고살 만해. 근데 그런 문제가 아닌 거야. 가난한 사람들은 그들대로 돈이 필요한 것이고, 있는 사람은 그들대로 또 돈이 필요한 거야. 항이 엄마가 자식의 미래를 위해서 그런 생각을 하듯, 우리 부모님도 나랑 동생들을 위해서 더 큰 카페를 하고 싶은 것이고, 그 돈이면 더 좋은 목으로 가게를 옮겨서 더 많은 돈을 벌 수도 있고, 그게 아니면 강남에 아파트라도 한 채 더 잡을 수도 있고. 그런 얘기를 하시는데……."

주울이는 그런 자신이 너무 기회주의자 같다고 했다. 분명히 옳다고 생각하는 것을 향해, 저 불나방처럼 몸을 던지지는 못해도 최소한 분노라도 해야 하는 거 아니냐고 했다.

사실 교상이도 비슷한 말을 했다. 원주민 부동산을 하고 있는 교상이 아빠는 당연히 이번 기회에 숲을 매각해야 한다는 입장이었다. 교상이 형들도 장군봉 매각에 적극 찬성이라고 했다.

이안이도 자기 집 분위기를 살짝 들려준 적이 있었다. 푸드 회사를 운영하는 이안이 아빠가 힘들다는 소문은 벌써 이 년 전부터 돌아다녔다. 그러니 이안이 아빠는 지푸라기라도 잡는 심정일 테고, 당연히 돈이 나온다면 무엇이라도 다 팔려고 할 것이다.

나도 주울이한테 우리 집 사정을 슬그머니 풀어놓았다. 목공방을 차린 아버지가 다시 시간 강사로 일을 시작했고, 학원 강

사인 엄마는 더 많은 시간을 학원에서 머물러야 했다. 그러니 당연히 돈이 들어온다면 싫다고 할 처지가 아니었다.

돈이란 그런 것이다. 각자 살아가는 처지가 어찌 되었건 돈이 필요하지 않은 집은 없었다. 그러니 산을 매각하는 데 반대표를 행사하기란 쉽지 않다.

주울이는 잘 안다고 했다. 나는 그런 주울이가 고마웠다. 그러나 위로받을 수는 없었다. 어쩌면 내가 주울이를 이해할 수 있을지는 몰라도 진심으로 그녀를 위로해줄 수는 없을 것이다.

나는 그런 생각을 하면서 항이네 집에 도착했다.

항이 엄마가 허겁지겁 나오더니 얼른 내 손을 잡았다.

"빈새야, 니가 잘 좀 달래봐. 어젯밤에 내가 한 말은 부모로서 한 말이고, 실제로는 그렇게 생각하지 않아. 그건 진심이야. 내 맘 알지?"

나는 너무 걱정하지 말라고 웃어주면서 자리를 피해달라고 했다.

내가 문 앞에서 "항아, 빈새다!" 하고 소리치자 뜻밖에 그가 슬그머니 문을 열고 나왔다. 항이는 나를 보고 웃어주었다. 나는 그런 항이가 얼마나 고마웠는지 모른다. 순간 너무 걱정하지 않아도 되겠구나, 하고 발끝에다 힘을 주었다.

장군봉 매각에 대한 이야기는 한 마디도 하지 않았다. 배가

고프다고 해서 라면을 끓여 같이 먹었고, 항이가 부르는 트로트를 세 곡이나 들어주면서 같이 춤을 추었고, 내키지 않았지만 어린 시절 가지고 놀았던 그 장난감 칼을 들고 "이얏, 받아라!" 하고 몇 번 소리를 지르기도 했다. 그리고 내가 가야 할 시간이라고 하자 문 앞에서 정의 기사처럼 "아, 아녕히 가십시오!" 하고 정중하게 인사를 했다.

나는 그런 항이의 등을 토닥거리면서 "너무 걱정하지 마!" 하고 말해주었다. 항이가 헤헤헤 웃어주었다. 나는 그렇게 바보스럽게 웃는 항이의 눈빛이 이상하게도 무서웠다.

오늘은 꽃다발을 두 개 마련했다. 선생님의 무덤 앞에는 꽃다발이 수십 개도 넘게 쌓여 있었다. 누군가 놓고 간 꽃다발이 마르면 또다시 누군가가 와서 그 위에다 꽃다발을 놓고 갔다. 상사할아버지의 무덤 앞에도 거의 비슷한 높이로 꽃다발이 쌓여 있었다.

어디선가 바람이 불어와 내 머리카락을 들추었다.

나는 그것이 선생님이라고 반겼다.

"헤헤헤, 선생님이시죠? 다 알아요. 이렇게 가끔씩 오다 보니 죽어서 무덤을 남기는 것도 괜찮다는 생각이 드네요. 이렇게 와서 쉴 수도 있고, 말도 할 수 있고. 근데 선생님 무덤이 사라지면…… 첨부터 없었다면 모를까, 이렇게 있었다가 사라져버린다면······."

만약 숲 아래쪽에서 인기척이 들리지 않았다면 선생님이 바람처럼 속삭여주었을지도 모른다. 나는 정신을 차리고 일어나서 아래쪽을 보았다. 대여섯 명의 사람들이 올라오고 있었다. 그 무리 속에서 치상이 오빠가 손을 흔들었다.

그들은 이 지역 환경단체에서 일하는 사람들이었다. 남자 둘 여자 셋이었는데, 그중 남자 한 사람은 우리 아빠만큼이나 나이가 들어 보였다. 치상이 오빠는 선생님의 무덤을 가리키면서, 이 숲을 만드는 데 어머니 역할을 하신 분이라고 했다.

"그리고 이 학생은 어렸을 때부터 유진하 선생님이랑 같이 숲에서 살다시피 했습니다. 그래서 저보다 더 할 말이 많을 것 같아서 같이 가자고 제가 부른 겁니다."

치상이 오빠를 따라 사람들은 자작나무 숲으로 올라갔다.

"이 숲은 원래 사백 년 이상 지속되어 온 소나무 숲이었어요. 어쨌든 한 사십 년 전쯤 큰 불이 났는데, 일곱 명의 아이들이 불장난을 하다가 대형 사고를 친 셈이죠. 그 아이들 가족이 이 숲을 복원한 것입니다."

"들을수록 동화 같아요."

약간 굵은 여자의 목소리였는데, 나는 그 여자의 얼굴은 보지 않았다.

치상이 오빠는 어떻게 해서 이런 숲이 만들어지게 되었는지 자세히 들려주었다.

"아무튼 그때부터 사람들은 유진하 선생님한테 의견을 구하면서, 나무를 심기도 하고, 숲에서 자연스럽게 돋아나는 나무들이 있으면 그것들을 중심으로 숲을 가꿔나갔답니다. 이 자작나무 숲에도 이십여 종의 나무들이 어우러져서 살아간답니다. 선생님은 혹시 나중에 더 강한 나무들이 나타나서 자작나무들을 가린다고 해도, 그것을 자연스럽게 받아들여야 한다고 했대요. 그래야 숲의 다양성이 생겨나고, 숲이 영원해질 수 있다고요. 사람은 그런 변화를 따라가는 것일 뿐, 그 흐름을 막아서고 인위적으로 숲을 끌고 가는 주체는 될 수 없다고요."

치상이 오빠는 대부분이 자연스럽게 조성된 이 숲은 영원해야 한다고 하면서, 환경단체들이 나서서 개발을 막아달라고 부탁했다.

나이가 가장 많아 보이는 남자가 말했다.

"이 정도 큰 산을 깎고 개발하려면 먼저 환경영향평가를 하지만 그걸 통과하기란 거의 불가능해요. 하지만 슬프게도 우리 지역에서는 가능합니다. 왜 그런지 잘 아시죠? 우리가 살고 있는 시는 빚이 엄청나게 많습니다. 이번에 새로 당선된 시장의 공약 제1호가 빚 탕감이기 때문에, 시로서는 수단과 방법을 안 가리고 세금을 걷어서 빚을 갚으려고 하고 있어요. 세금이 가장 많이 걷히는 것이 바로 이런 부동산 개발입니다. 그러니 자연이 개판되든 말든 시로서는 무조건 허가를 내줄 겁니다."

그 말을 듣자 더욱 맥이 빠져버렸다. 환경운동을 하는 사람이라면 뭔가 우리가 생각하지 못하는 묘책을 내놓을 줄 알았다.

나는 왜 저런 사람들을 데려왔냐는 투로 치상이 오빠를 보았다. 치상이 오빠는 그래도 다른 방법이 없겠느냐고 물었다. 그러자 그 남자가 다시 치상이 오빠를 보았다.

"솔직히 이해할 수 없는 게 있는데요. 숲에 대한 생각이 그 정도로 깊은 분이…… 어떻게 매장을 하겠다는 생각을 합니까? 지금 우리나라 산이 무덤 때문에 얼마나 망가지고 있는지 아세요? 숲을 생각하는 분이라면 그 정도 생각이 있었을 텐데. 더구나 요즘 시대에 돌아가신 분이 매장을 해달라고 유언했다니, 그건 숲을 생각하는 분이라고 할 수 없지요."

나는 화가 나서 벌떡 일어나버렸다. 내가 얼마나 기분이 나빴는지 그 사람들에게 조금도 감추고 싶지 않았다.

나는 산을 내려가려고 했는데 전혀 엉뚱한 방향으로 가고 있었다. 은연중에 나는 아지트를 떠올리고 있었던 모양이다. 나는 올라가고 있었다.

초등학교 5학년 초여름이었다. 황금 연휴가 겹치면서 무려 일주일간이나 학교에 가지 않았다. 우리들은 그 시간을 이 숲에서 보냈다. 선생님은 이 숲속이 우리의 천국이라고 했다. 이제부터 어른들이 일체 간섭하지 않을 테니 우리 맘대로 일주일이라는 시간을 보내라고 했다. 휴대폰을 사용할 수 없었고, 숲을 내려갈 수가 없었다. 선생님이 유일하게 우리한테 준 미션은 자기만의 집을 짓는 것이었고, 집이 완성되면 모두를 초대하라고 했다.

주울이가 가장 먼저 집을 지었다. 주울이는 숲속을 돌아다니면서 곧게 뻗은 나무를 주워다가 고깔모자 모양으로 세우기 시작했다. 그런 다음 바닥에다 마른 나뭇잎을 깔자 집이 되었다.

이안이는 커다란 나무토막을 주워다가 기둥을 세우고, 그 기둥 사이를 연결한 다음 지붕을 만들었다. 꼼꼼한 성격 때문에 가장 많은 재료가 필요했고, 우리가 산에서 내려가는 날이 되어서야 간신히 완공할 수 있었다.

교상이는 다래덩굴이 우거져 있는 곳을 이용했다. 이미 다래덩굴이 하늘과 옆을 대부분 가려주고 있었기 때문에 적당히 주위만 정리하면 끝이었다. 우린 너무 성의가 없다고 야유를 퍼부었는데, 선생님은 그것도 근사한 집이라고 칭찬해주었다.

내가 지은 집은 2층 원두막 형식이었다. 일정한 간격을 두고 네 개가 나란히 자라는 나무를 고르는 것이 힘들었다. 나는 참나무 숲에서 그런 나무들을 발견했다. 그다음부터는 쉬웠다. 곧게 뻗은 나무를 주워다가 나무와 나무 사이에다 네모지게 연결했다. 그런 다음 다시 가로로 나무토막을 연결했다. 그렇게 완성된 바닥을 딛고 올라가서 역시 위쪽에다 네모지게 나무토막을 연결했고, 그 위에다 참나무 가지를 꺾어다가 올려놓자 근사한 지붕이 되었다.

항이는 혼자서 비밀스럽게 집을 지었고, 삼 일째 되는 날 우리를 초대했다.

"과연 항이 집은 어떻게 생겼을까?"

선생님이 모두의 눈빛을 모아 항이한테 물음표를 던졌다. 도무지 예측할 수 없었다. 항이는 우리가 짓는 집을 돌아다니면서 다 관찰한 다음 자기만의 집을 지었다. 그러니까 적어도 우리가 지은 집하고는 다를 거라고 기대했다. 이안이는 굴을 팠을 것이라고 예측했다. 그 말을 들은 항이는 마치 무슨 게임을 즐기듯이 히죽히죽 웃으면서 앞장섰다.

주울이네 단풍나무 숲을 지나 바위가 많고 험한 골짜기로 올라갔다. 군데군데 돌배나무들이 서 있었으나 하늘을 가릴 정도로 빽빽하지는 않았다. 교상이는 계속 투덜거렸다. 그러다가 아름드리 돌배나무를 지나 벼랑 밑으로 들어선 순간 "와아, 굴이다!" 하고 얼마나 크게 소리쳤는지 모른다.

"이 정도면 옛날에 호랑이가 살았겠는데……."

선생님도 놀라면서 그렇게 반응했고, 주울이는 선사시대에 사람이 살았을지도 모른다고 했다. 그럴 정도로 굴은 넓었다. 빛이 들어오지 않아서 항이의 손에 있는 손전등 빛을 따라서

시간 전달자

우리의 눈이 움직였는데, "쉿!" 하는 소리에 우리는 모두 숨을 죽였다. 동굴 천장에는 수십 마리의 박쥐들이 거꾸로 매달린 채 잠을 자고 있었다.

항이는 그 바닥에다 푹신하게 나뭇잎을 깔아놓았고, 납작한 돌멩이를 모두 여섯 개 구해다가 놓았다. 설명하지 않아도 근사한 의자라는 것을 알았다. 항이는 나중에 벽 쪽으로 책꽂이도 만들고, 식탁도 가져다 놓을 것이라고 했다.

"어, 그럼 이거 우리 아지트 하면 되겠다!"

교상이가 소리쳤다. 항이는 너무 크게 웃어서 눈이 거의 보이지 않았다.

"됴아! 됴아! 아싸, 무조건 무조건이야! 당신을 향한 나의 사랑은……."

항이 입에서 절로 노래까지 나왔다.

우리는 그때부터 항이의 동굴 집을 아지트로 꾸미기 시작했다. 돌아다니다가 버려진 살림살이가 있으면 몰래 그 숲까지 가져왔다. 동네 개나 고양이들조차 알면 안 되는 비밀 작전이었기 때문에, 큰 물건일수록 힘이 들었고 오래 걸렸다. 식탁을 옮길 때는 보름도 넘게 걸렸다.

아지트가 있는 골짜기로 접어들었을 때 이안이한테 전화가 왔다. 이안이는 평소 그답지 않게 약간 들뜬 목소리로 어쩌면 숲을 팔 수 없게 될지도 모른다고 소리쳤다.

"빈새야, 아까 우리 집에 손님이 왔어. 예전에 문중 총무 일을 한 모양이야. 그 사람이 아빠한테 그랬어. 절대 장군봉을 쉽게 매각할 수 없을 것이라고. 그 사람이 모든 비밀을 알고 있다고 아빠한테 협박하는 것 같았어. 그 사람 말로는 장군봉 숲을 일군 일곱 가족이 문중 사람들이랑 같이 그 어떤 일이 있어도 숲을 매각하지 말자는 약속을 했대. 그 약속을 한 문서가 있다고 하면서, 그분이 그걸 공개하겠다고 아빠한테 소리쳤어."

"진짜! 진짜 그런 게 있다고?"

"그렇다니까. 아빠가 당황하는 눈치였어. 그 사람이 가자, 여기저기 전화하고 난리였어."

나는 이안이가 전화를 끊자마자 치상이 오빠의 번호를 찾았다. 치상이 오빠는 지금 막 환경단체 사람들이랑 헤어졌다고 하면서 어디냐고 물었다. 나는 그 물음에 대답하지 않고 예전 문중 총무인 아무개 씨를 아냐고 물었다.

"원래 그분이 중심이 되어 문중이 굴러왔어. 근데 그분이 몇몇 사람들이랑 작당하여 산사태가 난 뒷동산이랑 그 주위 땅들을 다 팔아버렸어. 그 사람이 사실상 문중을 해체시킨 거나 다름없지. 근데 이렇게 도움이 될 수도 있다니 믿어지지 않는다!"

나는 이안이한테 들었던 이야기를 대충 들려주었다. 치상이 오빠는 내 말을 듣더니, 그 사람이 왜 나타났는지 알 것 같다고

시간 전달자

했다.

"그 사람은 이미 문중을 떠난 상태이기 때문에 장군봉에 대한 법적인 권리는 없지만, 그게 팔린다고 하니까 어떻게 해서든 떡고물이라도 챙기려고 온 것이겠지."

치상이 오빠랑 통화를 하다 보니 어느새 아지트 앞까지 와 있었다. 나는 전화를 끊고 아지트가 있는 벼랑 앞쪽에 솟아 있는 돌배나무를 돌아가다가 휘파람 소리를 들었다. 놀랍게도 아득한 돌배나무 꼭대기에 항이가 올라가 있었다. 나도 모르게 소리 질렀다.

"항아! 넌 나무 잘 못 올라가잖아? 근데 거기까지 왜 올라갔어? 어서 내려와!"

"빈새야! 너도 올라와. 엄청 됴아. 나, 이안이가 왜 나무 올라가는지 알겠어. 나, 안 내려갈래. 나, 여기서 살 거야. 나, 나, 나, 안 내려가…… 저 하늘까지 갈래."

"야. 항아! 좋은 소식이 있어! 이거 특종이야! 이제 산이 팔리지 않아. 있잖아, 이 숲을 가꾼 일곱 명의 어른들이 모여서 어떤 일이 있더라도 숲을 팔지 말자고 약속했대. 어른들이 젊었을 때 그랬대."

나는 아까 이안이한테 전해들은 이야기를 최대한 또박또박 공중으로 내뱉었다.

내 말이 다 끝나기도 전에 어느새 항이가 옆에 내려와 있었다.

"더, 더, 덩말이야?"

"그렇다니까!"

나도 모르게 항이의 손을 꼭 잡았다.

아름다운 숲을 물려주겠다는 약속

    우리는 비밀 아지트에서 뒹굴뒹굴 만화를 보다가 요란한 장구 소리를 들었다.

    굴 밖에는 잔치마당처럼 차일이 하늘 높이 솟구치고 있었고, '자랑스러운 군민의 상을 받은 ○○○마을 사람들을 축하합니다.' 하는 현수막이 돌배나무에 걸려 있었다. 차일 밑에는 수십 명의 마을 여자들이 전을 부치고, 국수를 삶고 있었다.

    "누구 환갑날인가?"

    교상이가 기웃거리면서 말하자 이안이가 아니라고 했다. 맨 앞서가던 항이가 더듬거리면서 어제가 군민의 날이었고, 우리 마을 사람들이 자랑스러운 군민상을 받았다고 했다. 그러니까 오늘은 자축하는 의미에서 그 축하 잔치를 하는 셈이었다.

나는 친구들을 따라가면서도 고개를 갸우뚱했다. 우리의 아지트가 있는 굴 밖은 절벽에서 떨어진 크고 작은 바위들이 뒹구는 험한 곳이었다. 그러니 저렇게 많은 사람이 모일 수 있는 평평한 곳이 있을 리가 없었다. 차일이 솟아 있는 곳은 마을에서 가장 마당이 큰 이안이 집보다 더 넓었다. 나는 고개를 갸우뚱했다.

"야, 저기 빈새 엄마다! 진짜 미인이네. 빈새가 엄마를 반만 닮았어도……."

교상이가 감자전을 들고 가는 어떤 여자를 보고 손가락질했다. 나는 꾹 화를 참으면서 그 여자를 보고는 "저 사람이 우리 엄마란 말이지?" 하고 중얼거렸다. 긴 생머리를 한 이십대 중반의 여자는 우리 엄마였다. 젊었을 때 엄마의 모습을 보기란 처음이었다. 조금이라도 관심이 있었다면 집 어딘가에 박혀 있을 엄마의 앨범을 찾아봤을 텐데, 그러고 보니 나는 엄마에 대해 관심이 별로 없었다. 엄마한테도 저렇게 아름다웠던 시절이 있었구나 하는 생각이 들었고, 가슴이 뭉클해지면서 괜히 미안해졌다.

항이 엄마도 보였다. 놀랍게도 그때나 지금이나 거의 같은 얼굴이었다. 이안이 아빠를 보고는 하마터면 "이안아!" 하고 부를 뻔했다. 긴 머리에다 안경을 쓰지 않은 모습이 아들이랑 판박이었다. 교상이 아빠 역시 그때나 지금이나 거의 같은 모습이었

시간 전달자

고, 키가 큰 주울이 아빠는 그때보다 지금의 모습이 훨씬 더 근사해 보였다. 청년인 그는 너무 깡말라서 조금만 눈빛을 옆으로 돌려도 누군가를 노려보는 것처럼 날카로운 인상이었다.

참으로 놀랍게도 우리는 그들을 알고 있었지만, 그들은 우리를 모르고 있었다.

그들은 우리를 마을 청년들처럼 자연스럽게 받아들였다. 선생님이 우리를 보고 손짓했다. 선생님은 우리가 알고 있던 그 모습이었다.

선생님이 우리를 보고 오늘이 어떤 날인지 다시 설명해주었다. 이 장군봉 일곱 개의 숲을 보고 군수님이 직접 자랑스러운 군민상을 우리 마을 사람들에게 준 것이라고 했다.

나는 바로 옆에 앉아 있는 아빠를 보았다. 역시 긴 머리를 한 아빠는 하얀 와이셔츠 차림으로 어색하게 사람들이랑 술을 마시고 있었다.

우리는 각자 부모님의 옛 모습을 한동안 바라다보기만 했다. 다들 지금보다는 훨씬 젊었고, 눈빛이 순수하고 맑았다.

사람들은 술이 들어가자 앞으로 나가서 노래를 부르기 시작했다.

그렇게 수많은 사람이 노래하고 춤을 추고 잔치가 거의 파장할 즈음이었다. 엄마를 비롯하여 일곱 명의 사람들이 앞으로 나갔다. 이안이 아빠가 대표로 말했다.

"저희들이 열네 살 때 이 산에다 불을 냈습니다! 그때 큰 벌을 받았어야 하는데, 마을 어른들이 저희를 감싸주셔서 벌을 면하게 해줬고, 대신 다시 숲을 살릴 수 있는 기회를 주셨습니다. 그때부터 저희들은 숲에서 살았습니다. 그러나 저희는 너무 어렸기 때문에 사실 숲에 대해서 잘 몰랐고, 숲을 가꾸는 것도 한계가 있었습니다. 이렇게 숲이 다시 살아나게 된 것은 우선 많은 마을 어르신들과 상사할아버지와 유진하 선생님의 도움이 없었다면 불가능했을 것입니다. 다시 한번 큰절 올립니다."

그들은 모두 마을 사람들을 향해 큰절을 했다.

"저희들은 그때 약속한 것처럼 결혼해서도 모두 마을에 돌아와서 숲을 돌보며 평생 살아갈 것입니다. 물론 농사짓는 친구는 한 명도 없습니다. 다들 직장생활을 해야 하기 때문에 저희 부모님들처럼 자주 숲에 와서 돌볼 수는 없겠지만, 그래도 우리 조상들이 물려준 이 숲을 자랑스럽게 보존해서 반드시 후손들에게 물려주겠습니다."

누가 먼저 시작했는지 몰라도 박수 소리가 골짜기를 흔들었다.

"그런 의미에서 저희들이 마을 어르신들께 한 가지 더 약속을 할까 합니다. 앞으로 세상은 어떻게 변해갈지 모릅니다. 더구나 우리 마을은 서울에서 멀지 않은 곳에 있습니다. 그래서 이런 약속을 드리는 것입니다. 저희 일곱 명은, 그 어떤 일이 있더라도 이 산을 매각하지 않고 잘 보존하여 후손에게 물려주겠다고 이 종이에다 서명했습니다. 그리고 이 서명한 것을 제가 변호사한테 부탁하여 공증을 받도록 하겠습니다."

교상이가 선생님한테 공증이 뭐냐고 물었다. 선생님은 먼저 사전적인 정의라고 하면서 '특정한 사실 또는 법률관계의 존재를 공적으로 증명하는 행정 행위'라는 뜻이 있다고 했다. 그러니까 이안이 아빠가 한 말을 우리 모두가 합의한다면, 변호사를 통해서 그 사실을 법으로 인정받을 수 있도록 하는 것이 공증이라고 했다. 그렇게 되면 저 문서가 법원에 보관이 되고 법적인 효력이 생긴다는 뜻이었다. 법적인 효력이란 누군가 함부로 장군봉을 매각할 수 없다는 것을 의미한다.

부동산 공부를 하고 있다는 교상이 아빠가 공증에 대해서 보충 설명을 했고, 치상이 아빠랑 린애 엄마는 문중 소속이 아니지만 숲을 가꾸어왔기 때문에 같은 식구나 다름없으니 충분히 이렇게 서명을 할 수 있다고 했다.

그분들은 후손을 생각하고, 그 숲을 지켜주겠다고 약속했다. 더구나 공증까지 받았다.

그런데 그런 분들이 후손인 우리에게 숲을 물려주려고 하지 않고 있다. 무엇 때문일까. 단순히 돈 때문일까. 아니면 우리가 모르는 그 무엇이 더 있을까.

우리들 모임에 나타난 총무

오늘 아침에도 우리들은 카톡방에서 모였다.

—어제 저녁에 밥 먹다가 엄마 아빠를 보자 불현듯 그분들의 젊은 시
절은 어땠을까? 분명 그분들은 저 장군봉을 누구보다 아끼고 좋아
했을 텐데 말이야. 그런 생각을 살짝 했는데, 마치 누군가 내 마음속
을 들여다본 듯이 그런 꿈을, 아니 그런 시간을 보내온 거야. 시간
전달자가 의도적으로 우리한테, 우리 부모님들의 과거로 돌아가서
특정 시간을 전달한 것이지.

주울이는 거의 확신에 찬 투로 긴 글을 올렸다.
다른 친구들도 주울이 말에 찬성한다고 대꾸했는데, 여기서

찬성이란 시간 전달자의 존재를 인정한다는 뜻이다. 오직 항이만 제대로 알아듣지 못하는 것 같았다.

　─꿈이 아니라니? 그거 꿈이야! 댑따 재밌고 신기한 꿈인데.
　─아이, 저 새끼 또 여기서 꼴통 짓하네. 얌마, 모르면 좀 가만히 있어!

　교상이가 항이를 노골적으로 무시했다. 그래도 항이는 주눅들지 않고 끝까지 꿈이라고 우겼다. 아무리 설명해도 항이를 납득시킬 수 없었다.

　─아니 근데 대체 누가 시간 전달자라는 거야? 일단 우리 부모님들은
　　아닌 게 확실하고.
　─총무? 그 사람도 아닌 건 확실하고. 그럼?
　─아재랑 우리만 남는데. 아재도 아니라고 했잖아?
　─치상이 형이랑 린애 누나도 아니고.
　─진짜 우리 중에 시간 전달자가 있다고? 헐!
　─야, 대체 누구야!

　아무도 반응하지 않았다. 얼마나 침묵이 흘렀는지 모른다.
　이안이가 지금 중요한 것은 그게 아니고 어른들이 서명한 그 공증문서가 실제로 존재하는지 알아보고, 만약 있다면 진짜

법적인 효력이 있는지 알아보아야 한다고 했다. 그래서 각자 부모님에게 그 이야기를 물어보자고 했다. 다들 동의했다.

우리는 오후에 다시 카톡을 하기로 했다. 하지만 오전 10시도 되지 않아서 하나둘씩 카톡방에다 글을 올리기 시작했다. 주울이가 가장 빨랐다. 아빠한테 다시 물어본 결과 사실이라고 했다. 그다음에는 이안이가 올렸는데, 비슷한 내용이었다. 교상이는 아빠가 그 사실을 어디서 알았는지 집요하게 추궁했다는 이야기를 올렸다.

　　—어떻게 그 이야기를 니가 알지? 누가 해줬어? 누구야! 아재? 아니
　　　면? 이건 도저히 니가 알 수 있는 것이 아닌데.
　　—간신히 이안이 니 말 해서 넘어갔다만.

나만 어른들한테 물어보지 못한 모양이었다.

어쨌든 그 문서가 존재한다는 사실만으로도 우리는 희망을 가졌다.

항이가 가장 신이 났다.

　　—아무도 우리 아지트를 없앨 수 없는 거지?
　　—와아, 만세!

　　　　　　　　　　　　　　　　시간 전달자

항이의 글을 보자마자 이상하게도 가슴이 뭉클했다. 그동안 나는 산이 매각되어 개발이 되면 숲이 사라진다는 생각만 하고 있었지 우리의 아지트가 사라진다는 생각은 하지 못했다. 다른 친구들도 마찬가지였다.

오직 항이만이 그 아지트를 생각하고 있었다. 어쩌면 우리는 이렇게 생각이 달랐을까. 은연중에 우리는 눈에 보이는 숲의 가치만 생각했을 뿐, 눈에 보이지 않는 우리 어린 시절의 시간은 전혀 생각하지 못했다.

우리는 올해가 가기 전에 모임을 한 번 갖기로 한 상태였다.

―그럼 만나서 그 공증문서에 대한 얘기를 더 구체적으로 해보자.

이안이의 제안을 우리는 모두 찬성했고, 말이 나온 김에 오늘 저녁에 보자고 했다. 장소는 시내 곱창집이었다. 치상이 오빠랑 린애 언니한테도 연락을 했더니 기꺼이 참석하겠다고 하였다.

나는 곱창집에 들어서자마자 깜짝 놀라고 말았다.
"야, 어서 와라!"
그렇게 소리치면서 손을 흔들고 있는 사람은 문중 총무였다. 나는 미리 와서 기다리고 있는 친구들을 보면서 눈으로 어떻게 된 상황이냐고 묻고 싶었다.

총무는 그럴 틈을 주지 않았다.

"이것들 봐라. 내가 외계인이니? 나도 니들처럼 위대한 장군님의 후손이야. 그러니 각자 고돌이 순으로 돌아가면서 이름을 말해봐. 내가 아는 사람도 있고 잘 모르는 사람도 있으니깐. 안 그래도 니들 한 번 보고 싶었어."

총무는 찰랑찰랑 윤기 나는 머리카락을 흔들어대면서 나를 보고는 "빈새는 내 동생뻘이지." 하고 알은체했다. 나는 어색하게 웃었으나 뭐라 맞장구를 칠 수는 없었다. 그만큼 총무는 어려운 사람이었다.

총무는 우리들이 어색해한다는 것을 알고는 모든 것이 우연이라고 했다. 우연히 곱창집 앞에서 교상이를 만났고, 마을에 사는 후배들이 보고 싶기도 해서 왔으니 편안하게 대하라고 했다. 곱창도 종류별로 다 시켰다.

평소 우리가 구경하기 힘든 소곱창이 나왔다.

냄새가 우리의 경계심을 허물게 하였다. 우리는 허겁지겁 먹었다.

우리를 빤히 보고 있던 총무가 항이에게 불쑥 물었다.

"항아, 숲이 좋지?"

"헤헤헤, 치, 틴구들이랑 같이 있으면 더 조, 조아요."

그는 항이한테 왜 숲이 좋으냐고 물었다. 대답은 이안이가

시간 전달자

했다.

"그냥요. 맘이 편하잖아요? 우리 친구들은 아토피 같은 것 아무도 없고요."

"실은 나도 어린 시절에는 숲에서 살다시피 했지. 니네 부모님들 따라다니면서 나무에다 물도 많이 주고. 우린 말이야, 산에서 오줌도 아깝다고 함부로 싸지 않았어. 다들 나무 밑에다 쌌지. 오줌이 나무에 좋은 거 알지? 날마다 싸면 나무가 죽지만 가끔 싸주는 것은 이렇게 외식하는 것처럼 나무한테 좋은 거야. 저기 교상이 니네 아빠, 나한테는 형님뻘이지. 그 형님은 어디서 공 차다가 다리가 부러져서 반년간 깁스를 하고 다녔는데도, 물지게 지고 그 높은 곳까지 가서 나무에다 물을 줬어. 글고 주울이 니네 숲이었던가? 나무에 병충해가 유독 심했는데 이게 농약을 치면 나무까지 죽어버리는 거야. 그래서 막걸리랑 식초를 같이 섞어서 나무에다 뿌리기도 했고, 익모초나 씀바귀 쑥대를 즙으로 내서 그걸 뿌리기도 하고. 야, 나무들이 말을 못해서 그렇지, 나무들이 말을 한다면 소설책 수백 권이 나올 거다."

나는 슬슬 짜증이 나기 시작했다. 총무가 하는 말이라고 해봤자 이미 어른들한테 수십 번 들은 이야기라서 딱히 새로울 것도 없었고, 왜 나이가 드실 만큼 든 어른이 우리들의 자리에 불청객으로 들어앉아서 저렇게 꼰대 짓을 하는지 이해할 수가 없었다.

그래서 교상이가 헤헤헤 웃으며 그의 비위를 맞추려고 할 때마다 더욱 화가 났다.

나는 일부러 휴대폰을 끄집어내서 시간을 보는 척했고, 주울이한테 무슨 방법을 강구해보라고 눈짓했다. 주울이도 못마땅한 눈빛을 보낼 뿐 달리 뾰족한 수를 찾아내지 못하고 있었다.

그때 총무가 항이를 보고 다시 불쑥 물었다.

"근데 말이야, 항아! 그 이야기! 옛날에 너희 아빠 친구들이 장군봉을 절대 팔지 않겠다고 약속했다는 그 이야기 누구한테 들었냐?"

항이는 무슨 말을 묻는지 모르겠다고 하고는 곱창만 계속 입으로 밀어 넣었다. 그는 그런 항이를 보고는 어이없다는 표정을 감추지 못했다. 그의 눈빛이 주울이랑 교상이한테 날아갔다. 주울이는 그의 눈빛을 피해버렸고, 교상이만이 당황하면서 대답했다.

"여기 이안이한테 들었어요. 어떤 손님이 와서 아빠랑 얘기하는 걸 들었대요. 그치, 이안아?"

이안이가 상체를 일으켰다가 다시 앉으면서 사실이라고 목소리에다 약간 힘을 주었다. 총무는 술잔을 연달아 두 잔이나 비우더니 비릿하게 웃으면서 이안이를 보았다. 이안이가 흠칫 놀라면서 눈을 내리깔았다.

"이안아, 다 알고 있다. 아까 니네 아빠랑 통화했거든. 니네 아빠는 아무런 말도 하지 않았다고 하던데? 근데 너희들은 아주 자세히 그런 이야기를 알고 있잖아? 그렇다면 누군가 너희들한테 그 이야기를 해줬다는 뜻이 아니겠어?"

순간 이안이가 당황하면서 눈 깜빡임이 몇 배나 빨라졌다. 다리도 떨기 시작했다. 이안이 긴장하거나 당황할 때 나타나는 현상이었다.

총무는 우리가 부모님에게 했던 말을 다 알고 있었다. 순간 나는 엄마한테 그 말을 하지 않은 것이 다행이라는 생각이 들었고, 그가 왜 그런 말을 하는지 궁금했다.

"니들이 말 안 해도 난 다 알아. 그 이야기를 구체적으로 알고 있는 사람은 몇 안 되거든. 니들이 몇 달 전에 아재네 집에 왔었다고 하더니, 아마 그때 들은 모양인데. 에구, 노인 양반이 주책이지. 그런 이야기를 애들한테 왜 하냐고!"

우리는 부정도 긍정도 할 수가 없어서 서로의 눈치만 보고 있었다. 나는 이럴 때 치상이 오빠라도 있었으면 얼마나 좋을까 하는 심정으로 휴대폰만 내려다보았다.

총무는 술이 들어갈수록 얼굴이 창백해지면서 눈동자가 작아지고 세모꼴로 변하는 것 같았다. 조금이라도 그의 비위를 건드렸다가는 상상도 할 수 없는 동작으로 우리를 가루로 만들어버릴 것만 같았다. 그런 내 선입견과는 달리 그는 더욱 환하게 웃으면서 호탕하게 목소리를 높였다.

"그리고 말이야, 맞아. 니네 부모님은 그 어떤 일이 있더라
도 숲을 팔지 말고 후손에게 물려주자고 했어. 그건 진심이었
어. 근데 세상이 달라졌잖아? 자, 봐라. 옛날에는 그 어떤 일이
있어도 장지로 가는 장례 행렬을 가로막는 사람은 없었어. 근
데 니들도 봤지? 지금도 그놈들이 물고 늘어져서 선생님 묘는
곧 파헤쳐질 운명이야. 니넨 말이 된다고 생각하니? 그만큼 세
상이 변한 거란다! 이제 니들 부모님만 돌아가시면 문중도 다
해체되고 끝이야. 니들도 대부분 서울이나 큰 도시로 나가서
살게 되겠지. 내 말이 틀렸니? 그러니 물려주려고 해도 물려받
을 후손이 없다는 거야. 만약 산을 그대로 놔둔다면, 선생님 산
소도 반대한 외지인 그 나쁜 놈들한테 물려주는 꼴이야. 외지
인들만 좋게 되겠지. 좋은 경치 구경하고, 집값도 더 오르게 될
것이고. 과연 그게 우리 조상님들이 바라는 거라고 생각하니?"

나는 머릿속이 캄캄해지면서 아무런 말도 할 수 없었다. 멀
쩡하던 뇌가 상상할 수 없는 치명적인 공격으로 뭔가 판단할
수 있는 기능이 망가져버린 듯했다. 그만큼 그의 말은 나름대
로 논리적이었고 강력한 힘을 가지고 있었다.

그런 와중에서도 이안이가 그의 말을 반박했고, 그때 나는
놀란 눈빛으로 그를 보았다.

"예, 맞습니다. 하지만 장군봉 숲은 사유지이면서도 공적인

것이라고 할 수 있는 거 아닌가요? 그래서 문중 후손들뿐만 아니라 이 지역에 사는 사람들한테 물려주는 것이 당연하다고 생각됩니다. 물론 외지인이 얄밉고 이기적이라는 것은 알지만요."

나는 그런 말을 할 수 있는 이안이가 순간 다르게 보였다. 그만큼 이안이가 생각이 깊은 아이라는 것을 새삼 알게 되었다. 그러면서도 총무가 어떤 행동을 보일지 두려웠다.

총무는 내 선입견과는 달리 호탕하게 웃어주었다. 생각하는 것이 제법이라고 이안이 어깨를 토닥여주기도 했다. 그러나 눈동자는 더욱 세모지게 변해서 각을 세우고 있었다.

"이안아, 그럼 우리 기업체들을 예로 들어볼까? 개인이 만든 삼성 같은 기업도 사적인 것과 공적인 부분이 같이 존재하잖아? 우리나라 노동자들, 그리고 국민들이 없으면 삼성은 존재할 수 없어. 그렇다고 해서 삼성 이건희가 벌어놓은 돈을 다 사회에다 내놓는 거 아니잖아? 너흰 지금 어리고 한창 배우는 시기이기 때문에 옳고 그름에 예민할 수 있어. 난 그거 인정해. 나도 니들만 할 때는 그랬으니깐. 대신 니들도 부모님들 생각 인정해주고, 더 이상 그 문제에 신경 쓰지 말라는 뜻이야! 다시 한번 말하지만 이건 어른들 문제야! 알았지?"

총무는 거기까지 말하고는 카운터로 가서 계산을 한 다음 사라졌다.

그로부터 십 분쯤 뒤에 치상이 오빠랑 린애 언니가 닭살 커플답게 손을 꼭 잡고 나타났다. 린애 언니가 우리의 분위기를 파악하고는 왜 그러냐고 물었다.

주울이가 맥없이 상황을 설명해주었다. 총무라는 말이 나오자마자 린애 언니는 그 사람 보통 사람이 아니라고 했고, 치상이 오빠는 너무 신경 쓰지 않아도 된다고 우리를 달랬다. 그러면서 어른들이 젊었을 때 받은 공증에 대한 말을 끄집어냈다.

"내 친구 아버지가 변호사야. 오늘 거기 다녀오는 길이야. 내일 같이 법원에 가서 그 공증문서가 있는지 열람해보기로 했어."

"오빠, 그것만 있으면 게임 끝이지?"

주울이가 다소 들뜬 눈빛으로 치상이 오빠를 보았다. 대답은 옆에 있는 린애 언니의 입에서 나왔다. 언니는 곱창을 우물우물 씹다가 모두의 눈빛이 치상이 오빠한테 모아지자 아주 낮은 목소리로 말했다.

"공증은 분명 법적인 효력이 있기는 해. 하지만 삼십 년이 지난 상태라서 그것이 남아 있을지…… 남아 있다고 해도 그것이 법적인 효력이 있는지 그건 장담할 수 없어. 변호사 말은 쉽지 않을 것 같다고 했어. 너무 오래된 일이라서."

치상이 오빠는 말을 더 붙이지 않았다. 우리도 별로 할 말이 없었다. 다만 항이만이 뭔가 물어보고 싶은 것이 많은 표정이었지만, 안타깝게도 그의 뇌는 지금 이 순간에 무엇을 어떻게 물어야 하는지를 제대로 정리하지 못했다.

결국 항이는 곱창집을 나가자마자 식당 계단에 주저앉아서 울어버렸다. 뭔가 절박한 것들을 물어보고 싶었는데 그것이 맘대로 되지 않자 자기 자신에게 화를 내면서 울고 있는 것이다.

그 누구도 항이를 달래지 못했다.

항이는 마을버스에서 내리자마자 자신의 온갖 내장을 다 게워내듯이 토악질을 시작하였고, 마을 앞 편의점 벽에다 자해하듯이 자신의 머리를 박아댔다. 항이의 이마는 우리가 막을 틈도 없이 피투성이로 변하고야 말았다.

어른들은 비겁하다

    한 해의 끝자락에서 우리 가족은 일주일간 여행을 갔다. 이번 여행은 제주도에서 펜션을 하고 있는 아빠 후배의 초청으로 이루어졌다. 도착한 다음날부터 눈이 내려서 멀미가 나도록 한라산 눈구경을 하였고, 나흘째 되는 날 펜션을 하는 아빠 후배인 강 사장 가족이랑 저녁을 먹게 되었다.

    그쪽도 세 식구였다. 나보다 어린 남자아이가 누나라고 부르면서 붙임성 있게 웃었다. 그 아이는 경상도 어딘가에 있는 대안학교에 다닌다고 했다. 내가 묻지 않아도 그 아이는 학교가 좋고 행복하다고 자랑했다.

    나는 그 아이의 눈빛을 별로 믿지 않았다. 나는 아직까지 우리나라에 행복한 학교가 있다는 소리를 들어본 적이 없다.

                                                           시간 전달자

강 사장은 나한테 좋아하는 가수가 누구냐고 캐물으면서 제법 요즘 노래를 안다는 식으로 말하더니 불쑥 아빠를 보고는 우리 동네 숲 개발에 대한 이야기를 끄집어냈다.

갑자기 씹어서 삼키던 고기가 목구멍에 걸리는 것 같았다.

엄마 아빠도 놀란 표정이었다.

"그걸 강 사장이 어떻게 알아?"

강 사장은 아빠만큼이나 키가 컸으나 제법 얼굴에 살이 있어서 그런지 특별히 웃지 않아도 얼굴선이 부드럽게 보였고, 반대로 아빠는 너무 깡말라서 그런지 애써 미소를 지었지만 전혀 여유가 느껴지지 않았다.

"그걸 어떻게 알다니요? 형님, 요새는 여기 우리 집 앞에 있는 땅을 팔려고 내놓으면 서울에서 전화가 와요. 그 사람들이 어떻게 알고 연락 오겠어요? 그만큼 네트워크가 잘 되어 있다는 뜻이겠지요. 우리 집 마을 사진, 도로망, 편의점, 식당이 몇 개 있는지, 바닷가와 어느 정도 가까운지, 그런 모든 정보를 다 인터넷에다 올리잖아요. 그럼 서울뿐만 아니라 미국에서도 확인하고 매매 문의를 해요. 형님, 갑자기 조선시대 사람처럼 왜 이러세요!"

그렇다면 이미 우리 동네 장군봉 숲 개발에 대한 소문이 전 세계로, 아니 전 우주로 퍼져 나갔다는 뜻이다. 실제로 그분은 제주도에서도 알 만한 사람은 다 아는 사실이라는 표현을 썼다.

강 사장은 나이가 들면 제주도 펜션은 아들한테 물려주고 어디 조용한 곳에서 명상하듯이 살고 싶다고 했다. 그런 곳이 있으면 소개해달라고 부동산에다 부탁을 해놓았더니 연락이 왔는데, 바로 우리 동네였다는 것이다.

"우리 동네 부동산 사무실에 가면 그 마을 정보는 물론 그 뒤에 있는 숲에 대한 정보도 다 볼 수 있어요. 말이 실버타운이지 실제로는 전원 아파트라고 할 수 있지요. 다 편법이잖아요? 수도권 주위에서 그렇게 깊은 산에 아파트가 들어선다면 대박이지요. 근데 저는 투자하려고 하는 건 아니고요. 나이 들어서 살려고 알아보고 있어요. 나이 들면 병원도 있고, 여러 가지 시설이 있는 도시 근처에서 살아야 해요. 제주도는 다 좋지만 그게 좀 아쉽지요."

제주도에 와서 그런 이야기를 듣자 장군봉 숲이 개발되는 것이 기정사실임을 받아들이지 않을 수 없었다.

안 그래도 어제 치상이 오빠한테 온 카톡을 보고 시무룩하던 차였다. 공증 받은 것이 너무 오래되어서 그 효력이 없다는 내용이었다.

곧이어 교상이가 전화로 그와 비슷한 내용을 알려주었다. 부동산을 하는 아버지가 여러 전문가들에게 알아보고는 옛날 총무라는 사람을 만나서 큰소리를 떵떵 쳤다는 것이다. 우리도 알아볼 만큼 알아봤으니 당신 맘대로 해보라고 하면서 부동산

사무실에서 쫓아냈다고 했다.

또한 현 총무랑 옛날 총무가 시내 어느 술집에서 크게 한판 붙었다는 소문도 있는데, 그게 사실인지 모르겠지만 현 총무가 병원에 며칠간 입원했던 것은 사실이라고 했다.

나는 친구들에게 당분간은 공증에 대한 이야기를 하지 말자고 했다. 특히 항이 귀에 들어가지 않게 조심하자고 했는데, 내가 그런 말을 하지 않아도 친구들도 각별히 신경 쓰고 있다고 했다.

연말 모임이 있었던 그날 항이는 병원에 입원했다. 집에서도 계속 벽에다 머리를 들이박으면서 자해를 하는 소동을 일으켰기 때문이다.

우리들은 다음 날 아침 병원에 달려가서 죄인처럼 항이 엄마 앞에서 고개를 숙였다. 그런 우리를 보고 항이 엄마는 미안해할 필요 없다고 하면서, 당분간 어디 다른 곳에 가 있을 만한 곳을 찾고 있다고 귀띔했다.

항이는 그다음 날까지도 안정제를 맞고 잠만 잤다. 우리는 그런 항이가 몹시도 걱정되었다.

다행히도 항이는 사흘째 되는 날 멀쩡하게 우리를 맞이했다.

친구들은 항이가 퇴원할 때 집에까지 같이 가주었으며, 아직도 녀석이 가장 좋아하는 칼싸움 놀이를 지치도록 해주었다. 친구들은 그렇게 놀다가 틈만 나면 항이의 방을 기웃거렸다. 그러다가 나하고 눈이 마주치면 어색하게 웃고는 "그럴 리는 없겠지만 혹시나 하고……." 하고 말꼬리를 흐렸다. 그러면서 나를 보고는 이렇게 속삭이기도 했다.

"넌 뭐 알고 있지? 항이가 시간 전달자 아냐? 좀 황당하기는 해도…… 그동안 네가 항이네 집을 가장 많이 들락거렸잖아?"

나는 어처구니없다는 표정을 짓기는 했지만, 그렇다고 적극적으로 부정하지는 않았다. 이안이랑 교상이는 그런 나를 보고는 "너도 뭔가 수상해." 하고 말하기도 했다.

강 사장네 식구들이랑 저녁을 먹고 난 뒤에는 바닷가에 아빠랑 나란히 앉았다.

나는 아빠한테 집이란 것이 대체 무엇이냐고 새삼스럽게 물었다. 그러면서 숲에서 혼자 집을 짓던 순간을 떠올렸다. 선생님은 왜 어린아이들에게 각자의 집을 지어보라고 했을까. 내가 그렇게 혼잣말처럼 말하자 아빠가 씩 웃었다.

아빠는 집이란 성스럽고 소중한 것이니까, 그래서 선생님이 그런 말을 했을 것이라고 했다.

나는 성스럽다는 말을 받아들일 수 없었다. 아빠는 부정하지 않았다.

"아빠, 오히려 말이야. 언젠가 우리 친구들이 까치 떼랑 싸운 적 있는데, 그때 밤에 몰래 가서 우리가 긴 장대로 쑤셔서 부숴버렸던 그 까치집은 진짜 성스러웠을 거야."

"당연하지. 그 집은 까치한테는 모든 것이니까, 어린 새끼를 키워내는. 원래는 인간도 그랬어. 집에서 태어나고 집에서 죽었으니까, 그 집이 성스럽다고 한 거야. 근데 언제부턴지 인간은 집이 아닌 병원에서 태어나고 병원에서 죽어가지. 집이란 잠깐 머물다 가는 곳이야. 그래선지 더 이상 집을 성스럽다고 생각하는 사람이 없어. 언제든지 팔아서 돈이 되는 것 1순위가 집이야. 곧 집이란 돈이야. 자본의 핵심은 돈인데, 가장 돈 번식을 잘하는 것이 집이란다. 사실 엄마 아빠 친구들 중에서도 아파트 서너 채 이상 갖고 있는 사람이 아주 많아. 그 사람들은 투기꾼도 아니고 다들 평범한 사람들이야. 그러니까 조상이 물려준 집 한 채 운 좋게 가지고 있는 엄마 아빠가 비정상인지도 몰라."

나는 아빠의 말을 들으면서 역시 호주에서 가족 여행을 하고 있는 주울이랑 카톡을 주고받고 있었다. 아빠는 혼잣말처럼 계속 주절거렸다.

"빈새야, 그래서 하는 말인데…… 아빠는 나중에……, 그러니까 나중에 말이야…… 아빠가 죽게 되면, 그때는 화장해서 우리 집 마당가에 있는 나무 밑에다 묻어라. 엄마도 똑같은 말을 했어. 빈새야, 알겠지? 어엉, 이 녀석…… 갑자기…… 그러니까 아빠가 나중이라고 했잖아!"

언제부턴지 나는 울고 있었다. 단순히 운다는 표현만으로는 지금 내 모습을 다 표현할 수는 없을 것이다. 내 몸에서 끊임없이 재생되는 눈물도 눈에서만 새어나오는 것이 아니었고, 아마도 내 몸 모든 땀구멍으로 그 짜디짠 액체가 터져 나오고 있는 것 같았다.

아빠는 당황하면서 어깨를 토닥거리고 달랬다. 어린애도 아닌데, 이제 그런 말을 해도 충분히 받아들일 수 있을 것 같아서 한 말이라고 몇 번이나 되풀이했다. 그러면서 내가 너무 감수성이 예민하고 여린 것이 걱정된다는 말까지 덧붙이자, 나도 모르게 아빠를 밀쳐냈다.

나는 온몸을 바들바들 떨면서 아빠를 노려봤다.

"아빠는 알고 있었지? 그래서 일부러 제주도로 가족 여행 온 거지?"

그제야 아빠는 내 눈빛을 보면서 뭔가 다른 상황이 발생했다는 사실을 알았다. 아빠의 눈빛이 꺾였다. 뭔가 인정하고 자책하는 듯했다.

나는 그런 아빠의 가슴으로 돌진하듯이 얼굴을 던졌다. 그리고 파도 소리조차 숨을 죽일 정도로 크게 울음을 토해내기 시작했다.

"선생님 무덤이 사라져버렸대! 화장해서 납골당으로 옮겼대. 오늘 그랬대! 어떻게 그럴 수가 있어, 어떻게? 아직 일 년도

시간 전달자

채 되지 않았는데, 어떻게, 어떻게!"

선생님이 돌아가셨다는 소식을 들었을 때도 이렇게 울지는 않았다. 어른들은 비열했다. 주울이는 선생님의 손자인 이안이도 오늘 아침까지는 아무것도 몰랐다고 했다. 부모님이 선생님 산소에 가자고 했을 때까지만 해도, 새해가 되었으니까 성묘가나 보다 하고 생각했다는 것이다. 그런데 산에 가보니 수십 명의 인부들이 대기하고 있었다.

총무가 현장을 지휘하고 있었다. 그가 이안이한테 어서 절을 하라고 했다. 이안이가 절을 하자마자 인부들이 달려들어서 삽으로 선생님의 무덤을 파내기 시작했다. 그 옆에 산신령님의 무덤도 마찬가지였다.

아무튼 얼떨결에 그런 일을 치른 이안이는 이제야 눈물이 나온다고 하면서, 친구들을 긴급 소집했다. 그런데 마을에는 아무도 없었다.

항이도 인천에 사는 할머니 댁에 가 있고, 교상이도 형들이랑 일본 여행 중이고, 주울이는 호주에 있었다. 그러니 이안이는 혼자서 술을 마실 수밖에 없었다.

그런 사실을 주울이를 통해 확인하는 순간부터 눈물이 나기 시작했던 것이다.

"아빠, 말해봐. 어른들은 왜 이렇게 비겁해? 우리가 없다고,

우리 몰래 한다고, 우리 마음속에 있는 슬픔과 분노까지도 몰래 버릴 수 있다고 생각한 거야? 아빠, 어떻게 그럴 수가 있어요? 아빠, 어떻게 그럴 수가 있냐고요!"

나는 갑자기 아빠한테 존댓말을 하면서 묻고 또 물었다.

아빠는 끝내 한마디 말이 없었다. 그런 아빠가 오늘따라 더욱 비겁해 보였다. 엄마였다면 틀림없이 그만큼 살아온 깡다구로 버티면서, 어른들 특유의 그럴듯한 말로 나를 달래고 때론 강하게 다그치면서 끝내 굴복시켰을 것이다.

그날 밤 엄마가 나를 안고 미안하다면서 어쩔 수 없는 일이라고 했다. 선생님 무덤은 불법이기 때문에 매달 엄청난 벌금을 물어야 하는데 이안이네가 지금 형편이 어려워서 그것을 감당할 수 없다고 했다. 결국 올해 안에 무덤을 이장하면 그 벌금을 면제받을 수 있게 되어서 그렇게 결단을 내린 것이라면서, 어차피 버틴다고 해도 내년 중으로는 정리해야 하는 것 알지 않느냐고 묻기도 했다. 그래도 솔직하게 말하지 않은 것에 대해서는 사과한다고 했다.

나는 그 사과를 받아들이지 않았고, 단호하게 엄마의 손을 뿌리쳐버렸다. 그러면서 엄마 아빠처럼 비겁한 어른으로는 살고 싶지 않다고, 온 힘을 다해 소리쳐버렸다.

미래를 예측한 시간 전달자

하얀 나비 같은 산딸나무 꽃과 파란 이파리들이 파도처럼 출렁거렸다. 엄마가 숲에서 우리 친구들을 소리쳐 부르면서 "이게 우리 숲이야!" 하고 자랑했다.

"우리가 심은 것도 아닌데, 어느 날부터 하나둘씩 이 나무가 돋아난 거야. 신기하지? 대단하지? 마법 같지?"

엄마는 우리들이 고개를 끄덕일 때마다 더 크게 환호성을 지르듯이 말했다.

많은 사람들이 산딸나무 숲에 와서 구경을 했다. 사람들이 사라지자 선생님이 걸어왔다. 환자복 차림이었고, 옆에는 이안이 아빠가 있었다.

"꽃이란 보면 볼수록 신비롭지? 어떻게 하나의 나무에서 저렇게 맑은 빛깔을 단 한 번의 실수도 없이 뽑아낼 수가 있을까?"

"어머니 말을 듣다 보니 시가 따로 없네요. 그러고 보니 할머니도 비슷하셨던 것 같아요. 어머니가 안 계실 때는 주로 할머니랑 숲에 다녔거든요."

"그래, 내가 숲에 대해서 관심을 갖게 된 것도 할머니 때문이야. 시집와서 밥상에 오르는 온갖 푸르른 반찬들을 보고, 내가 죽기 전까지 할머니처럼 푸르른 반찬을 주물러 무쳐낼 수만 있다면 좋겠다는 생각을 가졌고, 그때부터 틈나는 대로 할머니한테 배웠지. 그분은 세상 그 누구도 관심을 갖지 않는 풀과 나무에 대해서 알고 싶어 하는 며느리를 고마워하고 대견스러워하기도 했어. 내 머릿속에 든 것은 거의 대부분이 그분한테서 물려받은 것이란다. 나는 너를 낳고 나서도 서울에 있는 학교에서 근무했기 때문에 주말에만 집에 올 수 있었지. 그런데 그 주말이 그렇게 기다려졌단다. 그런 나를 보는 할머니 얼굴에서 온갖 꽃들이 피어나는 것 같았어. 할머니는 나를 데리고 이 숲 저 숲 돌아다니면서 나물을 뜯었지."

내 옆에서 교상이가 "아하!" 하고는 수군거렸다. 선생님에게 숲을 가르친 사람이 이안이한테는 증조할머니였고, 선생님한테 시어머니였다는 사실이 우리를 놀라게 했다.

아무튼 이안이 아빠는 그런 할머니와 어머니 밑에서 자랐으니, 자신이야말로 이 세상에서 가장 복 받은 사람이라고 했다.

　　　　　　　　　　　　　시간 전달자

"너희들 때문에 큰 산불이 났다는 소리를 듣고는 얼마나 가슴이 아팠는지 몰라. 게다가 소년원에 보내질지도 모른다는 말까지 들으니까. 결국 쓰러져 병원에 갔고, 그때 네 동생을 유산한 거야. 그 뒤로는 새로운 생명이 내 몸을 찾아오지 않더구나."

이안이도 이제야 아버지가 왜 외아들이었는지 알았다고 고개를 끄덕였다.

이안이 아빠는 한동안 말없이 선생님의 이야기를 듣더니, 교수님이 회진 돌 시간이라고 말했다. 나는 친구들을 보면서 고개를 갸우뚱했다. 이곳은 숲속이었기 때문이다.

선생님도 꼭 교수님을 만나야 한다면서 일어났다. 그때 이안이 아빠가 낮게 속삭였다.

"어머니, 그것 다시 한번 생각해주시면 안 돼요?"

선생님은 대답하지 않았다.

이안이 아빠가 휴대폰을 열어 시간을 확인하고는 선생님 옆으로 갔다.

"어머니, 제가 오죽했으면…… 할머니와 어머니 그리고 수많은 마을 어르신들의 피땀이 어린 이 숲을…… 오죽했으면 그러겠어요. 어머니, 한 번만 더 생각해주세요. 어머니가 나서면 쉽게 매각할 수……."

선생님은 불현듯 걸음을 멈추고는 "김 사장!" 하고 한숨 섞인 말을 내놓았다. "애비야!" 혹은 "아범아!" 하고 부를 수도 있었을 텐데 일부러 "김 사장!" 하고 강하게 불렀다.

"백 번 물어도 에미 대답은 똑같을 수밖에 없어."

선생님이 이안이 아빠를 올려다보았다. 귀밑머리를 간신히 머리 중앙으로 끌고 와서 민둥산 같은 그곳을 가린 하얀 머리카락이 바람에 흔들렸다. 이안이 아빠는 우리가 올라와 있는 나무를 올려다보면서 한숨을 토해냈다.

"어머니는 줄곧 그랬어요. 늘 아들보다 숲을, 숲에 있는 나무나 풀을, 혹은 그곳에 사는 산토끼나 고슴도치 같은 동물들을 더 소중하게 생각했어요. 제가 누군가에게 맞아서 상처가 났을 때는 놀라지 않았지만, 누군가 숲에다 올가미를 놓아서 너구리 새끼가 잡혔을 때가 생각나요. 저 아랫마을 덩치가 코끼리 같았던 윤 씨한테 핏대를 세우고 대들던 그 모습, 태풍으로 숲에 자작나무 한 그루라도 쓰러지면 밤에라도 가서 그것을 세우고 지지대를 해줘야만 편안하게 웃으셨으니까요. 어머니한테는 아들보다 산이 더 중요하죠?"

선생님은 간신히 나무에다 등을 기대고 다시 그를 보았다.

"김 사장! 그런 어린애 같은 말은 다시 하지 마라."

"어머니, 진짜 너무하시네요. 다른 어머니라면 아들이 이렇게 힘들면…… 어머니, 우선 제가 살아야 하잖아요? 저 너무 힘들어요! 진짜 자살하려는 생각도 몇 번이나 했다고요."

이안이 아빠가 까만 안경테를 벗겨 눈시울을 몇 번 문질렀다.

시간 전달자

선생님이 이안이 아빠의 어깨를 토닥거렸다.

"김 사장, 아들이 그런 상황인데 에미가 해줄 게 없어서……."

순간 이안이 아빠가 "어머니!" 하고 화를 냈다.

"어머닌 늘 체면만 중시했어요. 자기 가족보다는 남에게 보이는 것! 남들이 다 선생님, 선생님 하면서 떠받드는 척하니까 그렇게 된 거예요. 가족보다는 남을 더 중시하는 헛똑똑인 것이죠!"

"김 사장! 난 그런 적 없다. 난 항상 우리 가족, 내 아들을 가장 우선해왔어."

"거짓말! 거짓말 좀 하지 마세요! 이제 제 맘대로 할 테니, 어머니도 알아서 하세요!"

이안이 아빠는 뭐라고 다시 한번 소리치고는 어디론가 사라져버렸다.

이안이는 고개를 숙인 채 그들의 이야기를 듣고만 있었다.

선생님은 주저앉더니 무릎 사이에다 얼굴을 묻었다. 어깨랑 등이 흔들렸다. 울고 있음을 알 수 있었다. 주울이가 "선생님!" 하고 불렀다. 항이도 울먹였다.

무엇 때문인지 몰라도 선생님은 우리의 목소리를 듣지 못했다. 답답한 표정으로 교상이가 크게 소리쳤다. 역시 선생님은 반응하지 않았다.

새 한 마리가 날아와서 꽃잎을 떨궜다. 꽃잎은 뱅글뱅글 돌면서 떨어져 선생님의 머리에 닿았다. 선생님이 그 꽃을 손바닥에 올려놓더니 슬그머니 누웠다.

"이대로 죽어서 꽃들이 나를 덮었으면 좋겠어."

"카, 왜 여기에 나와 계세요? 병실에서 간호사랑 의사들이 찾던데요."

어느새 아재가 옆에 와 있었다. 청바지에 회색 셔츠 차림이 너무 낯설어서 다른 사람으로 보일 정도였다. 아재가 선생님을 일으켜주었다. 두 사람이 나란히 앉았다.

"나 부탁 있네. 나 죽거든, 저기 상사할아버지 산소 옆에다 묻어주게."

"아니 왜 그런 말씀을?"

"이제야 그 어른이 왜 거기에 묻히게 됐는지 알겠네. 왜 거기 묻어달라고 했는지."

"예에, 대체?"

선생님은 더 이상 대답하지 않고 일어나더니 새처럼 어디론가 날아갔다.

우리는 멍하니 선생님이 사라진 쪽을 바라다보고만 있었다.

"그래서 그렇게 한 것이구나!"

이안이가 혼잣말에 가깝게 말했다.

주울이가 산딸나무 꽃을 따서 자기 머리에다 꽂으며 이안이한테 물었다.

"그게 무슨 말이야?"

"내가 어제 할머니 일기장을 우연히 봤는데, 할머니는 이 숲이 개발될 것을 예측하신 것 같았어. 그래서 상사할아버지 옆에다 묻어달라고 하신 모양이야."

주울이는 말도 안 되는 소리라고 소리쳤다. 교상이도 이안이한테 황당한 말이라는 눈빛을 쏘아댔다. 항이도 말을 더듬거리면서 어떻게 막느냐고 물었다.

"할머니의 일기장에는 이런 말이 있었어. '무덤! 무덤! 무덤이라니?' '매장! 아, 끔찍해!' 또한 '삼십, 삼십 년, 삼십 년만 버티면……'이란 말도 있었어. 할머니 일기장엔 삼십 년이라는 말이 가장 많이 적혀 있고, 십오 년, 육십 년. 30+15+15=60년이라는 말도 여러 번 적혀 있고, 묘지관리법이니 장묘법이니 그런 말도 자주 나와. 그래서 내가 장묘법, 즉 산에다 시신을 매장할 수 있는 법에 대해서 알아봤더니, 매장하게 되면 삼십 년간 법의 보호를 받게 되어 있어. 삼십 년간 후손의 동의 없이 그 무덤을 없앨 수 없는 거야."

이안이 말을 정리해보자면 아무리 자기 소유의 산이라고 해도 옛날처럼 영원히 조상의 묘를 모셔둘 수 없다고 했다. 최장 삼십 년간 유지할 수 있고, 그 뒤에는 후손들이 원할 경우 십오 년씩 두 차례 연장할 수 있다. 그렇게 해서 육십 년간 묘를 유지하는 것이 가능하다. 물론 후손이 원할 경우 언제든지 묘를 철거할 수 있지만 타인은 절대 손을 댈 수가 없다.

"결국 할머니가 거기에 묻힐 경우…… 그 무덤 때문에 산을 개발한다는 것이 어려워지는 거야. 우리 가족들이 반대하면 향후 육십 년간은 개발이 불가능해. 할머니는 그런 생각을 하신 거야. 그래서 할머니가 갑자기 매장해달라고 유언하신 거야."

"니 말을 듣고 보니 그런 것 같은데, 내가 이해가 안 되는 것은 말이야. 선생님이라면 외지인들이 매장하는 것에 대해 반대할 수 있다는 생각을 하셨을 텐데?"

주울이의 말에 이안이는 고개를 살그머니 흔들었다.

"할머니는 전혀 그런 예측을 못하셨던 것 같아. 당신의 시신을 매장해달라고 한 것도 갑작스러운 일이었으니까. 온통 법적인 것만 알아보신 것 같았어. 근데 여기서 더 엄청난 사실이 있어."

교상이가 가장 먼저 그게 뭐냐고 물었다. 나는 침을 꼴깍 삼키면서 이안이를 보았다. 이안이는 씁쓸한 눈빛으로 우리를 보았다. 선생님은 상사할아버지의 후손들하고도 몇 번이나 통화를 한 것 같다고 했다.

"왜냐면 상사할아버지의 무덤은 삼십여 년 전에 생긴 거잖아. 근데 장묘법은 2001년에 제정되었어. 그렇다면 2001년 이전에 만들어진 무덤들은 어떻게 할까? 그 이전에 만들어진 무덤은 그 법의 영향을 받지 않는데. 그러니까 후손들이 원한다면 영원히 무덤을 유지할 수 있는 거야."

"와아, 그럼 굳이 선생님 무덤이 없어도 되는 거잖아. 상사할 아버지의 무덤 때문에 그 산을 개발하기 힘들다는 뜻 아냐?"

"원칙적으로는 교상이 말이 맞지. 그래서 할머니가 미국에 사는 산신령님 후손들이랑 수차례 통화를 하신 거야. 근데 말이야, 그 후손들은 오래전부터 묘지를 정리할 생각이었던 거야. 한국에 아무도 없으니 관리할 사람도 없고 해서. 지금은 총무가 관리하고 있는데, 언제든 정리하려고 마음먹고 있었던 거지. 그러니 할머니가 아무리 말해도 소용없었겠지."

"그래서 선생님이 그 옆에 묻히기로 하신 거구나!"

주울이 말에 우리는 아무런 말도 덧붙이지 않았다.

나는 순간적으로 그런 생각이 들었다. 만약 우리가 조금만 더 컸더라면 선생님이 그런 의논을 하셨을 것이라고. 그렇다면 그냥 선생님의 손이라도 잡아줄 수 있었을 것이라고. 나는 선생님이 무척 외로워하셨다는 것을 알았다. 그래서 더욱 가슴이 아팠다. 더구나 지금 일 년도 되지 않아서 무덤이 파헤쳐지고야 말았으니, 선생님은 얼마나 슬퍼하실까.

우리들이 산 아래쪽으로 내려오자 선생님 목소리가 들렸다. 이번에는 내가 "선생님!" 하고 크게 소리쳤다. 메아리까지 울렸다. 그래도 선생님은 내 목소리를 듣지 못했다.

그렇게 우리는 같은 공간에 서 있었지만 서로의 시간은 달랐다.

선생님이랑 청년인 이안이 아빠가 자작나무 숲에서 풀을 베고 있었다.

"자작나무가 어리기 때문에 덩굴을 잘 제거해줘야 해. 덩굴이 덮으면 금방 죽어버릴 거야."

선생님이 말을 할 때마다 이안이 아빠가 몸을 일으키며 "예, 알겠습니다!" 하고 공손하게 대답했다. 여드름투성이 그의 얼굴에서는 묘한 활기가 넘쳤다. 그러다가 산 아래쪽에서 누군가 올라오는 소리에 허리를 펴고 눈을 돌렸다.

그들은 주위를 두리번거리면서 자작나무 언덕배기로 올라왔다. 선생님이랑 마주치자 인사하는 것으로 보아 잘 아는 사이 같았는데, 우리들 중에서 누구도 그들을 알지 못했다. 나이가 지긋해 보이고 염소수염을 한 할아버지가 나침판을 꺼내서 여기저기 땅을 맥 짚듯이 돌아다보았고, 발로 흙을 조금 파보기도 했다.

그 뒤에 있는 사람은 선생님에게 갔다. 온통 하얀 머리카락만 보면 나이가 많은 할아버지가 연상되었지만, 얼굴을 자세히 보면 사십대 중후반 정도임을 알 수 있었다.

"왜 하필 아버님께서 여기에 묻히고 싶어 하시는지 자식인 저로서는 도무지 알 수가 없습니다. 제가 몇 번이나 더 좋은 터

시간 전달자

가 있다고 해도요. 그래서 오늘 지관을 모시고 와봤습니다. 지금 상태로는 아버님이 언제 돌아가실지 알 수 없으니까요."

그러면서 그 사람은 이 자작나무 숲에다 묘를 만들게 되어 죄송하다는 말을 몇 번이나 되풀이했고, 그때마다 선생님은 괜찮다고 웃어주었다. 이윽고 지관이 와서 산세를 설명했다. 이곳은 장군봉 전체 산 덩어리 중에서도 가장 응달진 북향의 땅이라고 운을 뗐다. 그러니 무덤이 들어설 땅으로는 당연히 적합하지 않다는 것이야 아이들도 다 아는 사실이었다.

"이곳은 장군봉의 머리에 해당합니다. 모든 바람과 기운이 이곳을 거쳐서 전체 숲으로 통하게 됩니다. 사람으로 치자면 산의 뇌가 있는 곳이니, 그것 또한 명당이라고 할 수 있지요. 예로부터 이 산에서는 훌륭한 무인이 많이 나왔는데, 여기에 어르신이 묻히게 되면 후손들 중에서도 그렇게 절개가 있고 올바르게 살아가는 사람이 많이 나올 겁니다. 다만 그런 곳이니만큼 늘 나쁜 기운이 호시탐탐 노리는 땅이라는 것을 명심하십시오."

우리는 누가 가르쳐주지 않아도 흰머리가 유독 많은 그 사람이 상사할아버지의 아들임을 알고 있었다.

그들이 사라지고 나서야 항이가 입을 열었는데, 오늘따라 더욱 발음이 또렷하지 않았다.

"사사상사하라버지도……, 그, 그…… 일브러 일부…… 거기

따가…… 묘를, 묘를…….”

　나는 항이의 말을 다 듣지 않아도 무슨 뜻인지 알 수 있었다. 얼마 전에 시간 전달자가 보내온 상사할아버지의 장례식 치르는 시간을 접한 뒤부터, 그분이 왜 그곳에 묻히고 싶었는지에 대해서 알고 싶었던 터라 나도 모르게 고개를 끄덕이고 있었다. 그동안 단단하게 잠겨 있던 비밀의 문이 서서히 열리고 있음을 느낄 수 있었다.

무서워서 나무를 심는 거야

선생님의 무덤이 사라진 지도 열흘이 지났다.

이안이는 거의 단식을 하다시피 하면서 부모님이랑 냉전 대치중이다.

어제 저녁 늦게 이안이 엄마가 전화를 걸어왔다.

나는 한마디도 말하지 않는데도 이안이 엄마는 우리가 생각하는 그 모든 감정을 다 이해할 수 있다고 했다. 그래서 당신이 이해할 수 있다는 것이 무엇인지 구체적으로 물어보고 싶었지만 역시 묻지 않았다.

이미 어른들과 우리들 사이에는 그 어떤 말과 위로로도 화해할 수 없는 불신의 벽이 들어선 상태다. 그녀는 가끔씩 울먹이는 듯한 목소리로 선생님의 묘를 이장할 수밖에 없었던 심

정을 고백했다. 그것이 진심이라고 믿고 싶었다. 그녀는 고통
스러웠고 힘들었으며, 선생님의 묘가 파헤쳐지는 것을 본 순간
당신의 살이 찢겨져 나가는 아픔을 느꼈다며 울먹였다. 그러면
서 나를 비롯한 친구들이 이안이를 잘 달래달라는 부탁을 되풀
이했다.

　그녀가 울먹일 때마다 나는 큰 잘못을 저지른 아이처럼 당
황하면서 버벅거렸다. 솔직히 나는 그녀에게 할 말이 없었다.

　그녀는 이런 말도 덧붙였다. 선생님의 묘를 없애고 난 뒤에
마을 사람들의 민심이 확인되고 있는데, 이제는 원주민들뿐만
아니라 대다수의 외지인들도 그들을 욕하고 있다고. 여기서 그
들이란, 선생님의 무덤이 자작나무 숲에 들어서는 것을 끝까지
반대했던 동산마을 사람들이다.

　나는 왜 그녀가 그런 말까지 나한테 전달하는지 이해가 되
지 않았고, 순간적으로 전화를 끊고 싶었다. 굳이 그녀가 그렇
게 또박또박 민심을 전해주지 않아도 이 마을에 사는 사람이라
면 누구나 그런 소문의 흐름 정도는 다 알고 있었다.

　어쨌든 우리는 그런 이안이를 위로한답시고 그의 집에서 자
주 모이기도 했는데, 친구들은 틈만 나면 이안이 방으로 가서
시간 전달자의 증표 같은 것을 찾으려고 했다. 그것을 알고 있
는 이안이가 "야, 헛수고하지 마라!" 하고 말해도 믿지 않는 눈
빛이었다.

예상 외로 항이는 차분했다. 그래도 우리는 늘 긴장하고 있었다. 교상이는 전화기가 울릴 때마다 깜짝깜짝 놀란다고 하면서, 항이 부모님이 아니라는 것을 확인하는 순간에는 이상하게도 허기를 느껴 과자를 마구 씹어댔다고 하소연했다. 주울이는 너무도 멀쩡한 항이가 걱정되어서 몇 번이나 그의 어머니랑 통화까지 했는데, 그의 어머니 역시 똑같은 심정으로 숨죽인 채 아들을 바라보고만 있다고 했다.

항이는 너무 멀쩡했다. 오히려 나한테 전화를 걸어 너무 슬퍼하지 말라고 위로도 해주었고, 선생님의 무덤 터에다 나무를 심으러 갈 때는 꼭 자기가 동행하겠다고 했다. 그래서 나는 항이를 끌고 자작나무 숲으로 가는 중이었다.

나는 슬쩍 항이를 보면서 물었다.

"납골당에는 가봤어?"

문중 납골당은 재실 뒤쪽 언덕에 있었다.

항이는 어설프게 웃으며 고개를 흔들었다.

"선생님은 녀기 계셔, 녀기, 녀기, 녀기이…… 우리한테 그렇게, 그렇게, 말했잖아."

조금 더듬거리기는 해도 평소보다 발음은 또렷했다.

무덤이 있었던 곳으로 올라갈 때는 도저히 앞장설 자신이 없었다. 그런 내 마음을 항이는 알고 있었다. 녀석이 앞질러갔다.

나는 한동안 그의 뒷모습을 바라다보고만 있었는데, 이상하게도 그의 뒷모습을 보면 볼수록 뭔가 의지하고 싶은 생각 때문에 자꾸만 몸이 흔들렸다. 어쩌면 그는 이 지구상에 존재하는 절대다수의 인간들하고는 전혀 다른 생명체일지도 모른다. 내가 아는 인간들은 눈에 보이지도 않는 뇌의 성장을 최고의 미덕으로 치는 부류들이었는데, 그는 뇌도 아니고 얼굴도 아니고 어떤 특정한 상황에서만 상대가 알아차릴 수 있는 뒷모습이 성장하는 그런 생명체였기 때문이다.

선생님의 무덤은 없었다. 내가 생겨나기 훨씬 전부터 그곳에 있었던 상사할아버지의 무덤도 사라졌다.

항이는 묘가 사라진 이곳이 무섭다고 했다.

"항아, 나도 그래."

나는 항이가 없었다면 여기까지 올라오지 못하고 돌아섰을 것이라고 몇 번이나 말했다. 선생님의 무덤이 있을 때는 비가 내리는 한밤중에 왔을 때에도 무섭다는 생각을 품어본 적이 없었다. 무덤이 사라진 땅이 주는 공포가 이토록 섬뜩할 줄은 상상도 못했다.

그래서 항이는 친구들한테 나무를 심자고 제안했다고 했다. 모두 동의했고, 이미 네 그루가 심어졌다. 이제 나만 심으면 된다.

항이는 자작나무 묘목이랑 삽을 들고 왔다. 숲속 어딘가에다 나를 위해서 숨겨놓은 것이다. 항이가 상사할아버지의 무덤이 있었던 곳을 팠다.

나는 앉아서 자작나무를 구덩이에다 넣었고, 얼굴도 모르는 상사할아버지의 뼈와 살 그리고 그분의 모든 생각이 묻어 있을 붉은 흙을 손으로 밀어 넣었다.

어느새 양볼 가득 뜨거운 것이 흘러내린다. 그 눈물이 고마웠다. 그 눈물이 나무뿌리에 닿을 때까지 흙을 손으로 밀어 넣었다.

만약 이 나무를 심지 않았다면 다시는 이곳에 오기 힘들었을 것이다. 그건 확실하다. 아직은 나보다 작은 나무이지만, 나는 그것들이 우리가 알 수 없는 어떤 영적인 보살핌을 받으면서 몇 년 안에 인간들보다 웅숭깊은 존재로 변해간다는 것을 알고 있었다.

아! 나는 일어나서 발로 나무 주위를 꼭꼭 밟아주면서 다른 나무들을 보았다. 무덤 주위에는 오랜 시간을 버티고, 또 그렇게 누군가에게 시간을 전달하면서 살아가는 나무들이 한타령으로 몸을 흔들고 있었다.

그러고 보니 나무들이 뇌를 버린 이유를 알 것 같다. 또한 특정한 얼굴을 포기한 이유도. 나무들은 혼자가 아니라 늘 저렇게 어우러져서 살아간다. 혼자가 아니라 여럿이 어우러졌을 때가 가장 아름다우며 가장 슬기로워지기 때문이다.

짜고 친 고스톱

　1월의 마지막 날이다. 우리는 샐러드 바에 급하게 모였다. 주울이는 개인적인 사정으로 참석하지 않았고, 항이는 아예 연락이 되지 않았다.

　시내에 있는 부동산 사무실에도 장군봉 숲에 들어선다는 실버타운에 대한 홍보 글이 붙어 있었다. 어쩌면 제주도의 부동산 사무실에도, 아니 미국이나 유럽의 부동산 사무실에도 그런 홍보 글이 붙어 있을지도 모른다.

　우리는 우선 공부하다가 지쳐버린 뇌와 위장을 달래기 위해서 뷔페 음식을 폭풍 흡입하기 시작했다. 어느 정도 위장 속에 음식이 쌓이자, 이안이가 우리를 보았다.

　"이제 일이 어떻게 돌아가는지 다들 알 것이고…… 암튼 끝까지 숲 개발에 반대한 사람은 딱 두 분! 아재랑 항이 엄마! 내가 알기로는 그랬어."

나는 순간적으로 눈을 감아버렸다. 내 눈이 감겼다는 것은 이안이 말을 부정할 수 없다는 뜻이다. 아빠는 보름 전에 슬그머니 와서 당신은 문중 사람이 아니라서 아무런 발언권이 없다는 식으로 발뺌을 했고, 엄마는 항상 아직 결정된 것은 아무것도 없다는 식으로 애매하게 둘러대기만 했다.

오늘 아침에 우연히 마주친 아재의 눈빛은 유독 쓸쓸해 보였다. 아재는 몇몇 일꾼들이랑 가다가 나를 보고는 다가왔다. 내가 인사를 하자, 친구들 모두 잘 지내느냐고 물으며 웃어주었다. 저 윗동네에 보일러를 설치해주기 위해서 가는 중이라고 했다.

항이 엄마는 우리들에게도 전화를 걸어 산 매각을 반대한다는 입장을 밝혔다. 항이가 이 문제로 너무 예민하기 때문에 늘 걱정이라는 말도 늘 덧붙이면서.

"빈새야, 그건 내 진심이란다. 근데 얘가 어디서 헛소문을 들었는지 집에 오자마자 나를 보자고 하더니, 울먹이면서……."

항이는 숲이 개발되면 자기네 숲에서 죽겠다는 폭탄선언을 했다고 한다. 그 말을 들었을 때 나는 항이라면 충분히 할 수 있는 말이라고 생각했고, 그래서 처음에는 너무 신경 쓰지 말라고 그녀를 위로할 수 있었다. 그러나 항이가 이안이한테도 그와 비슷한 말을 했다는 사실을 알고 나자 슬슬 불안해지기 시작했다. 게다가 선생님의 무덤이 사라진 뒤에 보인 그의 차분한 행동이 오히려 나를 불안하게 하였다. 그는 겉으로 전혀 내색하지 않았으나 우리들은 그가 아슬아슬하게 외줄을 타고 있는 것만 같아서 늘 불안한 눈빛을 거두지 못하고 있었다. 그러던 차에 그의 엄마한테서 전화를 받았고, 오늘 3시를 전후로 해서 그가 단톡방에다 올린 한마디가 우리를 더욱 혼란 속으로 빠트렸다.

　—친구들아, 보고 싶다.

　그는 그 말만 하고는 모든 연락을 끊어버렸다.
　처음에는 나 역시 그 말을 보고도 별다른 느낌이 없었다. 그런데 휴대폰을 가방에 넣자마자 평범해 보이는 그 말이 자꾸만 떠올랐고, 주울이가 전화를 걸어와서 "야, 그 말은 항이가 자주 하는 말이 아니야." 하고 말하자 갑자기 머리가 띵해졌다.
　곧바로 우리는 카톡을 시작했다.

　—이거 예감이 좋지 않아.
　—야, 재수 없는 소리 그만하고.
　—야, 일단 우리 모이자!

우리는 그렇게 해서 샐러드 바에 모인 셈이다.

이안이는 한동안 눈을 감고 있다가 다시 입을 열었다.

"지금으로서는 선불리 뭐라 단정할 수는 없어. 하지만 항이 그놈이 확실히 달라진 것만은 사실이야. 예전에는 내가 말을 시키면 헤헤헤 웃으면서 말했는데, 이젠 그러지 않아. 갑자기 다른 사람이 되어버린 것만 같아. 그래서 솔직히 무서웠어."

"혹시 그놈이 시간 전달자 아닐까? 그놈이 선생님이랑 가장 많이 붙어 다녔잖아? 그래서 내가 몇 번이나 항이 집에 가서 슬그머니 방을 뒤져보기도 하고, 장군봉에 있는 아지트에도 가서 뒤져봤는데…… 요술부채나 청동구슬 같은 것은 없었어."

이안이랑 교상이가 계속 눈빛을 주고받자 내가 "야, 지금 그게 중요하냐!" 하고 소리쳤다.

"우선 항이를 찾아내는 게 중요해."

교상이는 연락도 안 되는데 어떻게 찾느냐고 했다. 내가 교상이 어깨를 툭 치면서 장군봉 아지트에 있을 것이라고 했다. 교상이가 눈을 동그랗게 떴다.

"그렇다고 쳐도 이 밤중에?"

"잘됐네. 오랜만에 야간산행 한 번 하자."

내가 시간을 확인하면서 그렇게 말하자, 교상이 입에서 환장하겠다는 말이 튀어나왔다.

교상이는 밖으로 나오자마자 도시의 하늘을 올려다보고는 눈이 올 것 같다고 소리치면서 다시금 환장하겠다고 소리쳤다. 이런 날에 내리는 눈이 무섭다는 것을 우리는 본능적으로 알고 있었다.

그래도 눈이란 묘하게 사람의 마음을 들뜨게 하는 마법을 갖고 있다. 작은 꽃잎처럼 가끔씩 떨어지는 눈송이를 확인한 사람들은 어른 아이 할 것 없이 발걸음이 들떠서 조금이라도 바람이 분다 치면 어디론가 다 날아가버릴 것만 같았다.

버스를 타고 마을 앞에 내리자 제법 눈발이 굵어졌다.

우리는 곧장 장군봉으로 향했다. 선생님의 무덤이 있었던 자작나무 숲으로 들어가자 벌써 숲 바닥은 하얀 땅으로 변해 있었다.

나는 선생님의 무덤 터에다 심어놓은 자작나무를 보면서 주울이의 전화를 받았다. 주울이는 외할머니 팔순 잔치를 마치고 집으로 가는 중이라고 했다. 그러면서 눈이 더 내리기 전에 서둘러서 아지트에 가라고 했다.

주울이의 전화를 끊자마자 항이 엄마한테서 다시 전화가 왔다. 그녀는 대뜸 어디에 있느냐고 물었다. 나는 어떻게 대답해야 할지 잠깐 망설이다가 지금 친구들이랑 모여 있다고 대답했다. 그녀는 항이가 산에 있는 것 같다면서, 같이 가자고 했다. 항이가 자살을 암시하는 글을 가족 카톡방에다 올렸다고 하면서.

그 말을 듣자 사태가 심상치 않음을 알았다.

밤이라서 그런지 잎새를 떨군 활엽수의 어깨에 쌓여가는 눈이 더욱 또렷하게 보였다. 하얀 눈이 가지에 쌓이자 그 가지가 더 또렷하게 보인다는 역설을 어떻게 설명해야 할지 모르겠다. 소나무 같은 상록수는 온몸에 눈을 뒤집어쓰고 있었는데, 순간적으로 나는 그것이 항이 같다는 생각을 했다. 그렇다면 우리들은? 이치에 맞는지 그건 모르겠지만 우리들은 활엽수 같다는 생각을 하면서 친구들에게 말했다.

내 말을 들은 친구들은 그럴듯하다고 했다. 이제 머지않아 작은 소나무는 눈의 무게를 버티어내지 못하고 옆으로 쓰러지거나 가지가 부러질 것이다. 그래도 그들은 눈을 쏟아내지 않을 것이다. 그들은 그렇게 미련한 존재들이었다.

그런 생각을 하다 보니 사계절 내내 푸르른 이파리를 매달고 살아간다는 것이 얼마나 무모한 짓인지 새삼 깨달았다. 특히 겨울을 이겨내는 데 너무나도 많은 소모를 해버린 그들은, 정작 봄이 오고 날씨가 따스해졌을 때는 겨우내 힘을 축적했다가 더 큰 이파리를 빠르게 만들어내는 활엽수들을 당해낼 수가 없었다.

그래서 그들은 숲의 모든 전선에서 계속 밀려나고 있었다.

눈 내리는 숲속은 우리가 한 번도 가본 적이 없는 다른 세상 같았다. 그러다가 문득 다리가 아프고 몸이 으슬으슬 떨려온다는 생각을 했으며, 휴대폰을 열어서 시간을 확인하는 순간 나도 모르게 주위에 있는 나무를 손으로 꼭 잡았다.

벌써 산에 온 지도 한 시간이 지났다. 아무리 늦은 걸음이라고 해도 삼십 분이면 갈 수 있는 거리였다. 친구들은 그런 낌새를 채고는 당황하기 시작했다.

"분명 빈새네 숲을 지나 항이네 숲을 지나면 교상이네 참나무 숲이 나오고, 그걸 지나가면 주울이네 단풍나무 숲이 나오고, 거기서 골짜기로 올라가면 돌배나무 숲이 나오는데……."

"뭔가에 홀렸다는 표현이 무슨 말인지 알겠어. 이거 이상해."

그런 말을 듣다 오싹 소름이 돋았다. 게다가 눈보라가 강해지고 있어서 옆에 있는 친구들 손을 잡고 싶었다. 이안이가 나를 안심시키고는 이번에는 집중해서 걸어보자고 했다. 그때부터 우린 말을 하지 않았고, 눈에 익은 나무와 바위들을 헤아려 가면서 걸었다. 드디어 아지트가 있는 돌배나무 숲으로 들어섰고 하얀 눈을 뒤집어쓴 바위와 바위 사이를 지나갔다. 그런데 어느 순간 우리는 다시 자작나무 숲을 걷고 있었다.

"뭐야, 이거? 이게 말이 돼!"

"환장하겠구먼!"

이번에는 내가 친구들을 보고는 다시 한번 집중해서 가보자

시간 전달자

고 했다. 우리는 천천히 그러면서도 일정한 간격으로 서로를 쳐다보면서 걸었다. 다시 단풍나무 숲을 지나 돌배나무 숲으로 올라갔다. 그때부터 정신을 더 집중했다.

나는 그렇게 말하면서 몇 걸음 걸어가다가 "하아, 말도 안 돼." 하고는 눈앞에 나타난 자작나무를 허탈하게 끌어안고야 말았다. 어느새 자작나무 숲으로 바뀌어 있었다. 휴대폰을 보자 숲에 올라온 지 두 시간이 넘어서고 있었다.

"이게 대체 뭐야? 이게 말이나 돼! 진짜 귀신 같은 것이 있는 거 아냐? 미쳐버리겠다! 내려가서 항이 부모님을 부르든 경찰을 부르든 119를 부르든 난 몰라. 난 이제 못 가겠어."

교상이가 떼를 쓰듯이 하얀 눈이 깔린 숲 바닥에 누워버렸다. 나도 그 옆에 누워버렸다. 뜻밖에도 눈은 포근했다.

휴대전화가 울리지 않았더라면 진짜 잠이 들어버렸을지도 모른다. 주울이 목소리가 들렸다. 나는 이 모든 상황을 그대로 전달했다. 주울이가 피식 웃는 것 같았다.

"여기 마을 입구다. 니들이 걱정돼서 아빠한테 태워다 달라고 했다. 어디쯤이냐?"

내가 대충 위치를 알려주자 이안이도 내 옆에 누워버렸다.

우리는 한동안 아무런 말도 하지 않았다.

"그러고 보니 우리들은 이렇게 눈 속에 묻혀보지는 않았네.

여름에 숲에 와서 발가벗은 채로 비를 맞기도 하고, 달이 환한 봄밤에 역시 발가벗은 채로 바람 목욕을 하기도 했고, 가을에도 나뭇잎이 떨어지는 숲에 누워서 하늘을 보기도 했는데."

그렇게 나지막한 목소리가 들려오는데, 그것이 내 입에서 나온 소리라는 것을 한참 뒤에서야 알았다. 누군가 내 어깨를 툭 쳤다. 주울이 목소리가 들린다고 했다. 내가 잠깐 잠이 들었던 모양이다.

주울이는 십여 미터 아래까지 와 있다가 우리가 일어나는 것을 보고는 깜짝 놀라는 표정이었다.

"이 바보들아! 그것도 못 찾고…… 자, 이제 가자. 내가 앞장 설게!"

주울이는 교상이한테 핀잔을 주고는 씩씩하게 앞장서서 걸었다. 이미 우리가 걸었던 길을, 수많은 발자국이 어지럽게 흩어져 있는 그 길을 따라갔다. 한 번도 망설이지 않았고, 내가 예측했던 시간보다 더 빠르게 돌배나무 숲으로 접어들었다. 아지트가 있는 바위가 보였다.

"이 바보들아! 이걸 못 찾고는 귀신이나 도깨비 타령을 하고 있어."

주울이가 우리를 차례로 보면서 혀를 끌끌 차댔다.

"그러게! 이걸 왜 못 찾았을까?"

교상이는 걸어온 길을 돌아다보기도 했고, 수많은 발자국을 다시 들여다보기도 하면서도 고개를 흔들어댔다. 이안이는 여전히 말없이 뭔가를 분석하는 것 같았고, 나는 귀신이 장난을 쳤든 우리가 정신줄을 놓았든지 간에 아지트가 보이자 가슴이 뚫리는 것 같았다.

놀랍게도 아지트 입구에서 항이가 손을 흔들고 있었다. 우리가 올 줄 알고 기다렸다는 표정이다. 교상이가 눈을 뭉쳐 그런 항이한테 던졌다. 눈이 얼굴로 날아오자 항이는 겁먹은 눈빛으로 하지 말라고 손으로 얼굴을 가린다. 그래도 교상이는 마구 눈을 뭉쳐서 던졌다. 주울이도 가세했다.

"너 일부러 그런 거지? 우리들 엿 먹이려고 그런 거지?"

"맞아, 저 개새끼! 가만두면 안 돼! 너 때문에 친구들이 개고생하면서 여기까지 왔고, 니네 엄마 아빠는 지금도 가슴 졸이면서…… 너 또 그럴 거야?"

그래도 항이가 말을 하지 않자 주울이가 나랑 이안이를 보고 소리쳤다.

"저 새끼 정신 못 차렸다! 정신 차릴 때까지 맛 좀 봐야 해. 야, 모두 던져!"

어렸을 때부터 우리의 골목대장이었던 주울이의 그 한마디에 이안이가 가장 먼저 반응하면서 엄청나게 빠른 속도로 눈을 뭉쳐 던지기 시작했고, 나도 눈을 뭉쳐서 던졌다.

항이는 바닥에 앉아서 고슴도치처럼 몸을 웅크렸다. 우리는 그래도 봐주지 않았다. 모든 힘을 실어서 힘껏 눈을 던졌다. "아이구!" "엄마야!" "아파!" 하는 소리가 연달이 터져 나왔다. 결국은 항이가 항복 선언을 하듯이 "미안해, 미, 미안!" 하고 말했고, 우린 그걸 기다렸다는 듯이 하나둘씩 항이 옆에 가서 누워버렸다.

얼마나 시간이 흘렀는지 모른다. 이안이의 가느다란 목소리가 들렸다.

"얘들아, 난 요새 그런 생각이 들어. 어른들이 우리한테 뭔가를 숨기고 있는 것 같아. 어제도 우리 아빠랑 총무가 밤늦게 집에 와서 뭔가 이야기하더라고. 내가 자다가 깨서 화장실 가다가 들었는데, 놀랍게도 동산마을에 사는 그 교수하고도 통화하는 것 같았는데, 아주 잘 아는 사이처럼 이야기하더라고. 뭔 소린지는 몰라도, 느낌이 그랬어. 아빠가 교수님 교수님 하는데……."

***

"아, 말도 안 돼! 우린 분명 아지트 앞에 있는 눈 속에 누웠는데, 꽃잎 속에 묻혀 있잖아! 그리고 이안이가 뭔가 어른들이 숨기고 있다는 말을 하다가 이렇게 바뀐 거야. 설마 시간 전달자가 이안이 말을 듣고, 우리한테 어른들의 시간을 보내려는 것

　　　　　　　　　시간 전달자

인가?"

우리는 모두 교상이의 말을 듣고만 있었다.

근처에 있는 나무에서 하얀 꽃이 눈처럼 떨어지고 있었다. 그러나 아무리 둘러봐도 꽃이 핀 나무는 없었다. 이곳은 자작나무 숲이었고, 자작나무가 그렇게 하얀 꽃송이를 매달지 않는다는 것도 우리는 잘 알고 있었다. 그러니 교상이처럼 소리라도 지르지 않고서는 이 순간의 낯섦을 견딜 수 없는 것이 사실이었지만, 교상이를 제외하고 모두 입을 다물었던 것은 이 놀라운 반전이 견딜 만하다는 뜻이기도 했다.

다시 깨어나지 못해도 좋으니까 이대로 잠들고 싶었다.

"암튼 향기롭고 꿈만 같다! 누가 이런 시간을 우리한테 보내고 있는지 그건 모르겠지만, 고맙다는 생각도 드네."

"야, 교상아. 이제 좀……."

역시 주울이는 우리의 영원한 골목대장이었다. 그 한마디에 교상이는 입을 다물었다.

"그래. 숲에서 놀 때 이런 느낌이랑 비슷했어. 맘대로 그 누구의 눈치도 안 보고 노래 부르고, 재잘거리고, 뒹굴고…… 숲이란 그런 곳이었어."

이번에는 그 목소리가 내 몸 안에서 새어나오고 있음을 느낄 수 있었다. 나는 입을 움직이지 않았다. 그런데 내 몸 안에서 흐르고 있던 말들이 그렇게 새어나왔다.

그러다가 누군가의 말소리를 들었다.

이안이가 가장 먼저 놀라면서 몸을 일으켰다.

"아, 요새 회사일 때문에 해골이 빠개질 지경인데, 어머니까지 저러니 진짜 돌아버리겠네! 아니, 몇 년 전까지만 해도 수목장이라는 말을 입에 달고 사시더니, 갑자기 매장해 달라니 말이야. 외지인들 집 수십 채가 바로 그 자작나무 숲 아래 있는데, 그 사람들이 가만있겠냐고!"

처음에는 그렇게 이안이 아빠가 혼자 푸념하는 줄 알았다가 다른 사람의 목소리가 들리자 나도 모르게 긴장했다. 그들은 선생님의 무덤이 있었던 그 언덕배기에 앉아서 캔맥주를 마시고 있었다.

"아재, 오히려 더 잘된 일일지도 모릅니다."

갑자기 총무의 목소리가 커졌다. 이안이 아빠가 무슨 뜻이냐고 물었다.

"제가 동산마을 대표랑 몇 번 만났는데…… 허허, 이야기가 잘 풀렸습니다. 이따가 그분이랑 교수님이랑 이쪽으로 오시기로 했어요."

이안이 아빠는 도대체 무슨 말을 하는지 모르겠다면서 헛기침을 몇 번이나 해댔다. 그러자 총무가 목소리를 낮췄다. 일단은 선생님의 뜻대로 매장을 강행한다. 그러면 외지인들이 반대할 것이다. 그 외지인들을 이용하면 산 매각 문제도 쉽게 풀릴 수 있다. 대부분의 외지인들이야 집 주위에다 근사한 숲을 두고 사는 것을 원하겠지만, 그보다 더 현명한 사람들은 그 숲을 개발하여 훨씬 더 많은 이윤을 얻어내는 눈을 갖고 있다. 동산마을에 사는 교수와 마을 대표는 부동산 전문가다. 그들이 이곳에다 집을 지은 것 역시 자손 대대로 살기 위해서가 아니다. 이미 집값이 오를 만큼 오른 상태였기 때문에 적당한 값에 매매를 할 생각이었고, 또 다른 투자처를 물색하던 중이라고 했다.

"제가 이렇게 말했습니다. 우린 저 숲을 개발하려고 한다. 그랬더니 그 마을 대표가 '당연히 우리도 관심이 있다. 우리가 어떻게 했으면 좋겠냐?' 하시더라고요. 그래서 제가 아주 강력하게 매장을 반대해달라, 했지요. 묘가 들어선 뒤에도 행정기관에다 계속 민원을 넣어달라고 했어요. 그렇게 되면 문중 사람들은 더욱 분노하겠지요. 그 분노가 극에 다다를 때쯤 묘를 이장하고, 산을 매각하는 것입니다. 저렇게 반대하는 외지인들 좋으라고 숲을 그대로 놔둘 수 없으니 팔아버리자고 해도, 아마 반대하는 사람이 나오지 않을 겁니다. 조상들 묘도 마음대로 쓰지 못하게 하는 외지인들에게 화가 나 있는 상태이기 때문에, 지금 가장 완고하게 반대하는 우리 아버지랑 몇몇 분들이 계시는 걸로 아는데, 그분들도 그런 상황이 되면 어쩔 수 없을 것입니다. 제 말을 들은 마을 대표가 교수님을 소개하더라고요. 교수님은 우리의 말을 듣더니 '결국 저한테 나서서 악당

노릇을 해달라는 것이군요? 좋습니다. 대신 조건이 있어요. 당연히 대가가 있어야 하지 않겠어요?' 그렇게 말씀하시더라고요. 그래서 저도 그 생각을 하고 있다고 했고, 오늘 만나서 구체적으로 이야기하자고 한 것입니다. 아마 돈을 요구하거나 숲이 개발되었을 때 좋은 몫에 분양받을 수 있도록 건설회사에 부탁해달라는 것이겠지요. 그리고 또 산이 개발된다면요, 아재하고 저는 인테리어 회사 하나 차려서 같이 참여해야지요. 그래야 남는 게 좀 있을 겁니다. 제가 십여 년 전에 인테리어 회사를 해봤으니까……."

"나야 환영이지. 안 그래도 이제 푸드 산업에서는 손 떼려고 하던 참이었는데."

나는 하도 충격적인 말을 들어서 그랬는지 몰라도 한동안 뇌가 정지해버렸다. 고막으로 물방울이 떨어지는 것 같았다.

다시금 총무의 목소리가 들렸다.

"아 참, 아재. 혹시 어르신한테 무슨 시간 전달자라는 말 못 들었어요? 여의주나 청동거울 같은 것을 가지고 자유롭게 시간 속으로 들어가서, 그것을 또 누군가에게 꿈처럼 전달해준다는 이야기를 들은 것 같은데요."

"우리야 어린 시절에 상사할아버지한테 그런 이야기를 종종 들었네만. 그게 사실이라면 우리 어머니가 시간 전달자일 가능성이 높지만, 그냥 추측일 뿐일세. 난 한 번도 그런 유물을 본

시간 전달자

적이 없거든. 어머니가 병원에 입원했을 때마다 당신의 방을 몇 번이나 뒤졌는데 그런 유물은 없었어. 게다가 시간 전달자라니! 그게 말이 되는가?"

"그러겠지요. 여기 오면서 우연히 그 생각이 났어요. 그것이 있으면 지금 우리가 한 이야기도 다 알 수 있을 것이고, 그것을 누군가에게 전달할 수도 있잖아요? 그래서 그냥 농담 삼아 물어보는 겁니다."

"예끼, 이 사람아! 생각해보게. 어떻게 누군가의 시간 속으로 돌아가서, 그 시간을 다른 사람들에게 전달할 수가 있겠는가?"

"예, 알겠습니다. 하도 예민한 이야기를 하다 보니 별 생각이 다 들게 됩니다."

갑자기 바람이 거칠게 불어오면서 알록달록한 나뭇잎이 떨어지기 시작했다. 어느새 그곳의 계절이 가을로 바뀐 모양이다. 까치들이 요란하게 소리치면서 날아올랐고, 금세 하늘이 어두워지더니 눈송이가 떨어졌다. 누워 있는 우리들의 몸 위로도 눈이 내렸다.

"뭐야, 그럼 어른들이 다 미리서 짜고 친 고스톱이라는 거야?"

나는 허탈하게 웃으면서 주위를 두리번거렸다.

"그럼 그날 교수라는 사람네 집 앞에서, 그 뙤약볕 아래서 무릎 꿇고 있었던 것도, 다 쇼였다는 거야?"

"이걸 믿어야 하는 거야? 다들 미친 거 아냐!"

주울이의 목소리도 거의 혼잣말에 가까웠지만 하염없이 떨리고 있었다.

"완전히 돌아버린 거야!"

교상이가 벌떡 일어났다.

"그 마을 대표가 우리 삼촌인데! 아아, 씨바! 우리 엄마 아빠의 롤모델! 우리 형들이 가장 닮고 싶어 하는 영순위! 난 우리 삼촌이 뭐하는 사람인지도 몰랐어. 그게 당연하지. 무슨 일을 하거나 직장에 나가는 것을 본 적이 없는데, 최고급 외제차를 타고 다니고, 전국 곳곳에 별장이나 땅이 있거든. 진짜 한 번 물어보고 싶었어. 어떻게 해서 그 많은 돈을 벌었냐고? 씨바, 근데 이제 알겠네! 아아악, 씨바! 그래, 다 미쳐버렸어! 다! 다! 다다다다다!"

교상이는 머리를 두 손으로 쥐어뜯으면서 하얀 눈 위를 마구 굴러다녔다. 그랬다, 우리는.

어느새 우리는 아지트 앞으로 돌아와 있었다. 교상이는 지금 상태에서는 미쳐버리지 않고서는 견딜 수 없다고 했다. 그러자 이안이가 교상이 뺨을 살짝 때리면서 "이 새끼야! 아무나 미칠 수 있는지 알아?" 하고 비릿하게 웃었다.

그와 동시에 교상이가 몸을 일으키면서 "왜 때려, 개새끼야!"

하고 순간적으로 이안이를 깔아뭉개더니 그의 멱살을 잡고 마구 흔들어댔다.

"난 아직 그 누구한테도 뺨을 맞아본 적이 없다구!"

"이 씹새야, 나도 한 번 미쳐보려고 그랬다! 지금 옆에 칼이라도 있다면 누구 하나 찔러 죽이고 싶다, 이 개새끼야! 그래서 그랬다, 그래서 그랬어!"

바른말을 하는 학생의 표본처럼 욕 한마디 해보지 않고 살아온 이안이의 입에서 거친 욕설이 쏟아져 나왔고, 그와 동시에 그의 서툰 주먹이 마구 교상이의 등을 후려치기 시작했다.

우리는 이 어처구니없는 싸움을 그냥 멍하니 보고만 있었다. 그들은 엎치락뒤치락하면서 서로에게 맹렬하게 주먹을 날렸다.

처음에는 워낙 싸우는 기세가 거칠어서 말려야 하지 않냐고 주울이랑 항이한테 눈짓했는데, 항이는 겁먹은 표정으로 뒷걸음질만 쳐댔고 주울이는 괜찮다는 표정을 지었다.

결국은 주울이의 판단이 맞았다. 싸움에 서툰 놈들이라 그랬는지 아니면 원래 그 또래 남자들이 그러는지 몰라도 그들의 동작은 금세 무디어지더니 끝내 딱정벌레처럼 발라당 누워서 숨만 할딱거렸다. 그러자 주울이가 소리쳤다.

"씨바, 지진이라도 나서 이 숲이 통째로 사라져버렸으면 좋겠다!"

항이도 주울이한테 전염된 것처럼 "씨바!" 하고 소리쳤다.

"다, 다 사라져버렸으면 도컸다!"

나 역시 "씨바!" 하고 추임새를 넣듯이 소리쳤다.

"씨바, 핵폭탄이라도 터져버렸으면 좋겠다!"

이안이와 교상이의 목소리도 메아리쳤다.

"씨바, 어른들 세상을 다 뒤집어엎고 싶다!"

"그래, 다 쓸어버리고 싶다!"

그때부터 누구의 목소리인지 구분하는 것이 아무런 의미가 없어졌다. 우리는 가슴속에 응어리진 것들을 마구 토해내기 시작했다.

"딘짜, 딘짜 두, 둑고 싶어."

나도 모르게 항이를 발로 툭 쳤다.

"야, 그래도 그런 말은 하지 마."

자꾸 그런 말을 하다 보면 진짜 죽을 수도 있다는 생각이 불쑥 치밀었다.

"우리 중에 누군가 죽으면 나도 못 살아. 어떻게 사니? 지금 이 상황에서……."

그건 내 진심이다. 나는 목구멍으로 치밀어 오르는 뜨거운 살덩이 같은 것을 가까스로 막아내고 있었다. 한마디만 더 내놓았다가는 그 뜨거운 것이 눈으로 입으로 마구 쏟아질 것만 같았다.

"그건 빈새 말이 맞아. 나도 우리 중에 누군가 죽는다면 살지 못할 것 같아."

주울이가 말했고, 곧이어 다른 친구들이 "나도." "나도." 하고 낮게 읊조렸다. 그리고 침묵이 흘렀고, 한참 만에 누군가 말했다.

"그나저나 누가 우리한테 그런 시간들을 보내고 있는 것일까?"

"그러게 말이야. 난 우리 중에 시간 전달자가 있을 줄 알았는데, 우린 지금 여기 다 같이 모여 있잖아? 아까 이안이 말을 듣고 시간을 보내려고 했다면, 우리 중에 누군가는 움직였어야 하고, 최소한 요술부채나 청동거울을 만지면서 어떻게 했을 텐데 말이야. 근데 아무도 움직인 사람은 없었고, 우린 그냥 그 마법 같은 시간 속으로 빨려든 것이잖아!"

"그럼, 우리 친구들은 아니라는 거네."

"대체 시간 전달자는 누구야!"

우리가 가장 믿었던 사람은?

우리는 아지트로 들어가서 마지막 전투에 나가는 결사대 같은 표정으로 서로를 보았다. 그리고 우리가 의견을 모은 대로 행동하자는 의미에서 서로를 보고 한번 웃었다. 치상이 오빠한테 전화하는 것은 내 몫이었다.

"빈새랑 친하니까 빈새가 해. 난 요새 치상이 오빠랑 린애 언니 사이가 의심돼. 치상이 오빠가 빈새를 좋아하는 것 같단 말이야."

주울이가 그렇게 말하자, 나는 친구들을 좀 웃게 하고 싶어서 "그럼 삼각관계네!" 하면서 최후의 승자는 누구일 것 같으냐고 물었다. 친구들이 한타령으로 린애 언니라고 했을 때는 약간 서운했지만 냉정하게 생각해보면 그게 맞을 것 같았다.

시간 전달자

나는 곧장 치상이 오빠한테 전화를 걸었고, 지금 만날 수 있느냐고 물었다. 대충 상황도 설명했다. 치상이 오빠는 무조건 오겠다고 했으며, 린애 언니도 같이 온다고 했다.

전화를 끊고 시간을 확인했다. 10시가 조금 넘어서고 있었다. 우리는 오늘 9시 40분쯤 아지트 입구에 도착했고, 그곳에서 뒹굴다가 어떤 시간 전달자가 보내온 여러 어른들의 시간 속으로 들어가서 거의 하루 같은 시간을 보내고 왔다. 그런데도 시간이 이렇게 흐르지 않은 걸 보니, 뭔가 이상하기는 했다.

우리는 눈길을 내려오기 시작했다. 나는 맨 뒤에서 내려오다가 불현듯 뒤돌아보았는데, 단발머리의 아주 작은 아이가 반대 방향으로 걸어가고 있었다.

"야! 잠깐만! 너 선생님이 어디 계신지 알지?"

나는 잠깐 멈칫하다가 그렇게 소리쳤는데, 뜻밖에도 몸 안에서만 크게 울릴 뿐 입 밖으로는 크게 퍼져나가지 않았다. 순간 아이는 작은 토끼처럼 사라져버렸다. 뒤쪽으로 걸어가서 발자국을 확인해보았더니 토끼 발자국도 아니었고, 그렇다고 사람의 발자국도 아니었다.

주울이가 내 옆으로 왔다. 나는 그 발자국을 손가락질했다.

"너 또 그걸 봤구나! 어렸을 때, 그때가 열 살 땐가 그럴 거야. 그때도 넌 이렇게 눈 오는 날 산에 갔다 오더니 토끼 같은 사람을 봤다고 했지."

그 기억은 너무도 또렷했다. 학교에서 친구하고 싸우고 돌아온 날이었다. 눈이 내리자 나는 무작정 숲으로 들어갔다. 그렇게 가다 보니 앞쪽에서 단발머리의 작은 여자아이가 걸어왔다. 다섯 살이나 여섯 살쯤 되어보였다. 아이는 나한테 길을 물었다. 얼굴도 목소리도 어린아이 같았는데 유독 눈빛만 어른 같았다. 나는 이상한 아이라고 생각하면서 고개를 갸우뚱하다가 뒤돌아보았다. 그 아이는 사라져버렸고 작은 토끼 한 마리가 숲속으로 뛰어가고 있었다.

그때도 이 이야기를 했더니 친구들은 아무도 믿지 않았다.

나는 그 생각을 하면서, 이제 내 말이 믿어지냐고 친구들에게 말했다.

"당연히 믿지. 나도 그로부터 일 년 된가 비슷한 것을 봤거든. 어떤 할아버지였어. 난쟁이 할아버지라고나 할까? 오늘처럼 억수로 눈이 퍼붓던 날 숲에 갔다가 앞에서 그런 할아버지가 오더니, 길을 묻는 거야. 뭐 마을로 가는 길을 묻더라고. 해서 가르쳐줬더니 고맙다고 하면서 가더라고. 그러다 이상해서 뒤돌아보니까, 작은 고양이 같은 것이 사라지더라고."

"어, 사람마다 다르게 나타나는구나! 근데 그게 대체 뭘까?"

"글쎄, 사실 난 그동안 산에 올 때마다 그게 나타나기를 기다렸어. 내가 직접 보지는 못했지만 왠지 안심이 되고, 반가워. 그

시간 전달자

래도 아직은 숲이 어린 시절의 모습 그대로인 것 같다는 느낌이 들거든. 그러니까 아직까지는 살아 있다는 것을 알 수 있어."

내가 본 것이 무엇이었는지 그건 모른다. 옛이야기 책에 나오는 정령일 수도 있고 귀신이나 도깨비 같은 것일 수도 있고, 뭔가 헛것을 보았을 수도 있다. 그래도 상관없다. 우리가 그렇게 생각하면 되는 것이다.

우리는 아지트에서 이 엄청난 혼란을 어떤 식으로 해결해나가야 할지 토론했다.

이 모든 진실을 인터넷에다 공개해버리자는 의견이 가장 먼저 나왔다. 이를테면 초등학교나 초등학교 동창회, 마을번영회 같은 공식적인 사이트에다 올리는 방안이 있고, 그 밖에도 수많은 블로그나 카페, 카톡, 밴드 같은 곳도 떠올렸다. 또한 환경단체나 언론사에다 기고하는 방법도 거론되었다.

하지만 그것은 혼란을 더 부추길 수 있다는 반대 의견이 나왔다.

집에 가서 직접 부모님들이랑 담판을 짓자는 이야기도 있었는데, 그것 역시 반대하는 목소리가 많았다. 부모님들이 우리가 말하는 진실을 믿어주어야 하는데 "야, 니네 부모님은 우리가 하는 말을 믿어주겠니?" 하고 누군가 나한테 물었을 때, 나는 그렇다고 자신 있게 대답할 수 없었다. 유감스럽게도 우리는 부모님을 믿을 수가 없었다.

우리가 아무리 진실을 이야기한다고 해도, 그것을 믿어줄 사람이 없으면 아무런 소용이 없다는 사실이 다시금 허탈하게 했다.

그렇다고 우리가 눈에 보이는 증거를 가지고 있는 것도 아니다. 우리는 다만 시간 전달자가 전해온 시간 속으로 들어가서, 어른들이 산을 매각하기 위해서 꾸미고 있는 온갖 추악한 모습을 보았을 뿐이다. 그것은 이미 흘러가버린 시간 속에 묻혀 있는 진실이다.

그러니 누가 우리의 말을 믿어주겠는가. 당사자들이 발뺌을 하면서 "니들이 악몽을 꾼 모양이구나! 아이들은 그런 꿈을 꾸면서 크는 거지." 하고 말해버리면 그만이다.

"하아, 이렇게 황당하고 무기력해질 수가……."

우리는 그렇게 허탈한 표정을 지으면서 허둥대다가 "우리의 말을 들어주고, 믿어줄 수 있는 사람을 찾아야 하지 않을까?" 하고 말한 누군가의 말에 다시 집중하기 시작했다.

"누가 있을까?"

나는 학교 선생님부터 미국에 있는 오빠, 그리고 비교적 나랑 말을 많이 하면서 살아가는 아빠, 여러 사촌들, 학교 친구들, 그리고 또 지금까지 살아오면서 만났던 수많은 친구들, 그 밖에 다른 얼굴들을 다 떠올려보아도 내 이야기를 믿어줄 사람은 거의 없었다. 다시금 맥이 빠졌다.

그때 약간 더듬거리면서 감나무집 아재라고 하는 말이 들렸다.

순간 우리는 모두 "아!" 하고 탄성을 질렀다.

"맞아. 항이 저것이 은근히 핵심이라니까!"

그 말에 항이는 볼이 빨개지면서 웃었다.

나는 친구들이 아재에 대한 절대적인 믿음을 갖고 있다는 사실이 놀라우면서도 고마웠다. 더구나 아재의 아들인 총무는 이 엄청난 사건을 꾸민 주동자다. 다른 의견이 나올 수도 있겠다고 생각했는데, 한순간에 정점으로 모여든 친구들 눈빛을 보고는 얼마나 안심했는지 모른다.

갑자기 아재가 마을 당산나무만큼이나 거대한 존재가 되어 떠올랐다. 그런데도 전혀 이상하다는 생각이 들지 않았다. 지금 마을에 남아 있는 원주민들 중에서 가장 햇볕에 그을린 얼굴을 가졌으며, 또한 원주민들 중에서 가장 가난한 사람이었다. 당연히 그는 자가용도 없고, 허름한 슬레이트집에서 작은 야생풀처럼 살아간다.

그런데 우리는 놀랍게도 그분을 떠올렸으며, 그분이라면 우리의 이야기를 진지하게 들어주고 당연히 믿어줄 것이라고 확신했다. 누군가 아재가 시간 전달자일 가능성이 높다고 했지만 더 이상 아무도 맞장구치지 않았다.

재실 앞에서 치상이 오빠랑 린애 언니가 손을 흔들었다. 치상이 오빠가 말했다.

"진짜, 너무 고맙다. 아까 빈새 전화 받고 얼마나 뭉클했는지 몰라. 니들이 먼저 연락해줬다는 게. 그만큼 우릴 믿었다는 뜻 아니겠니? 난 늘 너희들 선배라고만 생각해왔거든. 근데 너희들은 우릴 친구로 생각해줘서……."

그러면서 치상이 오빠는 아재를 만나기로 했다는 우리의 말에 다시 한번 감동을 받았다는 표정을 지었다. 옆에 있던 린애 언니는 "너희들이 우리보다 백 배 났구나!" 하고 말했다.

"지금으로서는 그분밖에 없어."

나는 린애 언니의 그 말이 무슨 뜻인지 충분히 알 수 있었다. 지금으로서는 우리가 믿고 의지할 우군이라고는 그분밖에 없다는 뜻이다. 그래서 우리가 기대한 만큼 순조롭게 일이 풀리지 않을 수도 있지만, 적어도 우리는 저 숲을 일으켜 세운 사람 중에서 가장 오래 살아야 할 후손들이기 때문에 그 자체만으로도 엄청난 힘이 될 수 있다는 사실을 잊지 말자는 말을 린애 언니는 아주 낮게 읊조렸다. 눈 내리는 소리와 린애 언니의 허스키한 목소리가 거의 동음으로 고막에 닿았다.

맨 앞에는 치상이 오빠가 걸었다. 그 발자국을 따라 린애 언니가, 그리고 내가, 친구들이 차례차례 움직였다. 그 발자국은 마치 한 사람이 걸어간 것처럼 보였는데, 유심히 내려다보니까

시간 전달자

놀랍게도 그 산속에서 만났던 토끼 같은 아이의 발자국이랑 비슷했다.

"어, 너희들이 이 늦은 시간에 웬일이냐?"

우리가 아재네 집 토방을 올라가면서 "아재! 아재!" 하고 부르자 감나무 뒤에서 얼룩무늬 군복 차림을 한 총무가 걸어 나왔다. 그 순간 나는 숨이 멎는 것 같았다.

그는 뭔가 혐의를 잡은 형사처럼 비릿하게 웃었다. 이렇게 떼 지어 몰려온 걸 보면 뭔가 중요한 일인 것 같은데, 아재가 요즘 몸이 좋지 않아서 누워 계시기 때문에 자신에게 말을 하라고 했다. 순간 치상이 오빠가 나섰다.

"그래서 병문안 왔어요. 항이네 집에서 놀다가 아재가 아프시다는 말을 들었거든요."

감탄사를 빗방울처럼 쏟아내고 싶을 정도로 놀라운 순발력이었다. 남자를 평가하는 내 기준 목록에서 가장 중요한 것은 유머 감각이었는데, 이제 앞으로는 순발력이 첫 번째 항목으로 올라설 것 같다는 생각이 들었다.

치상이 오빠의 순발력은 총무의 눈빛에 가득 찬 경계를 허물게 했다. 총무는 그제야 환하게 웃으면서 큰 병은 아니고 감기에 걸린 것 같다고 하면서 다음에 오라고 했다. 우리도 그게 좋을 것 같다고 판단하고는 돌아서려고 했는데 미닫이 현관문이 삐그덕 소리를 내면서 열렸다.

"아범아, 누가 왔냐?"

"예. 동네 애들이……."

"그럼 들어오라고 해야지. 허허허! 카악, 칵. 눈이 하늘 닿게 오는구나!"

아재는 거실에서 텔레비전을 보고 있었다고 했고, 숙모는 마실 나갔다고 했다. 총무는 아재를 보고는 괜찮겠느냐고 물었다. 아재는 이렇게 눈 내리는 밤에 어린 손님들이 왔으니 얼마나 좋은 일이냐며 웃었다. 옛날 같으면 이런 날에는 사랑방 가득 마실 온 손님들로 바글바글했을 것이라고 덧붙이면서.

거실에 앉자마자 치상이 오빠가 건강이 어떠냐고 물었고, 아재는 우리를 보는 순간 다 나은 것 같다고 웃었다. 아재가 마시는 비타민 C를 한 병씩 돌렸다.

나는 그것을 만지작거리기만 할 뿐 뚜껑을 열지는 않았다.

총무가 치상이 오빠를 잠깐 보자며 밖으로 끌어냈다. 나는 총무가 이번 일에 깊숙하게 관여되어 있음을 확신하고 있었고, 그래서 아재를 볼 때마다 마음이 아프기는 했어도 이럴 때일수록 그를 절대적으로 지지해주고 싶었다. 이럴 때 시간 전달자라면 아재한테 힘을 줄 것이라고 생각하면서.

십여 분 만에 돌아온 치상이 오빠는 걱정하지 말라며 우리를 향해 눈을 깜박였다.

우리는 시간을 확인하면서 일어나자고 했다. 그런데 아재는 텔레비전 소리를 조금 더 키우고는 우리를 보았다.

"이제 어서 말해봐라."

우리는 다시 그 말에 깜짝 놀랐다.

"니들 얼굴에 그렇게 쓰여 있어."

치상이 오빠는 다시 현관문을 열어 바깥을 확인한 다음 어설픈 미소를 지었다. 그러고는 우리를 보고는 눈짓했다. 직접 이야기하라는 뜻이다.

나는 주울이 어깨를 툭 쳤다. 주울이가 입을 열었다. 가끔씩 교상이가 끼어들어서 보충 설명을 했고, 이안이도 몇 번 말을 했다. 아재는 우리의 이야기를 한 번도 가로막지 않았다.

아재는 우리가 더 이상 할 말이 없을 때까지 기다렸다가 "끄응!" 하고 한숨을 뱉어내고는 쓴웃음을 뱉었다.

"어허! 어쩌다가 우리 어른들이 그렇게 되었는지, 한없이 부끄럽고 슬프구나!"

아재는 허공을 보고는 깊은 한숨을 내뱉더니, 다소 비장한 눈빛으로 우리를 보았다.

"이제 모든 것을 나한테 맡기고…… 어허! 내 모든 것을 걸고 조상님들과 후손들에게 부끄럽지 않게 할 테니깐…… 알았지야?"

우리는 아재의 진심을 충분히 알 수 있었고, 그래서 더 이상 말을 보태지도 않았다.

아재는 우리가 사라질 때까지 토방 아래서 눈을 맞고 서 있었다. 어쩌면 아재는 그대로 눈사람이 되어버렸는지도 모른다.

나는 그런 상상을 하면서 걷다가 치상이 오빠의 목소리를 들었다.

"아까 총무님이 그러시더라. 장군봉 매각에 대한 일은 우리들에게 좋은 쪽으로 해결이 될 것이라고. '어찌 보면 어른들은 너희들 때문에 살아가는 거야. 더 잘 살고, 더 잘 가르치려고 하는 것 자체가 그런 거잖아?' 그런 말까지 하면서 어른들 일에 끼어들거나 감정적인 행동하지 말라고. '치상이 네가 가장 선배니까 동생들 잘 토닥거려야 해.' 하고 말씀하시더라. 어른들이 우리들 때문에 몇 차례 회의도 하시고 그랬대. 그러니 총무님 말처럼 모두 함부로 행동하지 말고, 일단 아재한테 모든 것을 위임한 상태니까, 그냥 믿고 기다리자."

시간 전달자

시간을 뜯어먹는 불길

    재실에서 문중회의가 열리고 있었다. 아재가 소집한 비상회의였다. 나는 친구들이랑 무슨 비밀회의를 하듯이 카톡을 주고받고 있었다. 마을 어른들의 동향을 실시간으로 알려주는 사람은 이안이랑 치상이 오빠였다. 지금 회의를 하기 위해 모인 사람은 약 스무 명 정도라고 했는데, 그 정도라면 거의 백 퍼센트 참석률이나 다름없었다.

    재실에는 아이들이 들어갈 수가 없는 상태라서 사실 무슨 말이 오가는지는 알 수 없었다. 게다가 예상보다 부모님이 빨리 집으로 돌아오자 나는 더욱 예민해지면서 두 분의 동태를 살폈다. 오후 2시에 재실에 간 부모님은 오후 5시도 되기 전에 집에 돌아왔기 때문이다.

―이거 뭐지? 혹시 문중회의가 다음으로 연기된 거 아냐?

　나는 급하게 친구들에게 타전했다. 그러자 린애 언니가 그 특유의 글투로 연달아 카톡에다 상황을 올려주었다.

　　―아님. 문중회의는 진지하게 됨. 아재가 문중 사람들에게 안건으로 장군봉 매각에 대해서 이야기했는데, 장군봉을 매각하기 위해서 사전에 일부 사람들이 모의했다는 말을 듣고 한바탕 난리가 났음. 총무님이랑 이안이 아빠가 증거를 대라는 둥, 험악한 욕설 등. 거의 아수라장이었음.
　　―그러자 아재는 각서를 공개함. 내용은 정확히 모르지만 동산마을 대표랑 그 교수라는 사람이랑 문중 총무랑 이안이 아빠가 산신령님 무덤가에서 사전에 모의한 내용이 있다고 함. 돈을 주고받은 것도 적혀 있었다고 함. 그러니 또 아수라장이 되는 건 당연함. 경찰을 부르기 직전까지 갔음.

　린애 언니는 그런 내용을 엄마한테 들었다고 했다. 문중 사람이 아니라서 회의에 참석하지 않은 린애 언니 엄마는 가깝게 지내는 문중 사람한테 직접 들었다고 했다. 지금 문중 사람들은 거의 패닉 상태이며, 일단 오늘 회의는 이 정도로 하고 다음에 다시 모이자고 했다.

시간 전달자

―아재가 정공법을 쓴 듯. 만약 사전 모의한 것이 사실이라면 다수의
　　　사람들이 장군봉 매각에 반대한다는 뜻을 내보임.
　　―그리고 일부는 도덕적으로 치명적인 타격을 입고 마을에서 떠나야
　　　할 듯. 이건 내 개인적인 생각이지만.

　아무도 린애 언니의 글에 댓글을 달지 않고 보고만 있었는
데, 이안이의 글이 그 틈을 비집고 올라왔다.

　　―당연해! 지구를 떠나야지!

　그 말이 무엇을 의미하는지 나는 충분히 추측할 수 있었다.
잠시 침묵이 흘렀다. 이안이의 숨소리도 들리는 것 같았다. 그
때 교상이의 글이 올라왔다.

　　―근데 아재는 그 각서를 어디서 찾았을까?

　대답은 치상이 오빠가 했다. 아재가 총무님 차에서 그 각서
를 찾아냈다는 것이다. 아무튼 일단 장군봉 매각은 쉽지 않게
되었다.

　　―어, 그렇다면 아재가 진짜 시간 전달자인가?

—그럴 가능성이 크네! 근데 아재는 당신이 아니라고 했잖아?

—에이, 그 말을 어떻게 믿어?

이번에도 치상이 오빠가 끼어들어서 아재는 절대 시간 전달자가 아니라고 했다. 근거는 없지만 확신하는 말투였다. 그리고는 슬그머니 화제를 돌렸다.

—그리고 말이야, 이안이는 절대 엉뚱한 생각하면 안 돼. 이건 우리 모두의 문제야! 그거 알지? 일단 어른들이 어떻게 하는지 믿고 기다려 보자. 그런 다음 우리가 뭘 할 수 있을지 의논하는 거다. 이건 선배가 아니라 우리 모두 친구라는 생각으로 부탁하는 말이라는 거 알지?

나는 거기까지 카톡을 확인하고는 화장실 가려고 방을 나오다가 주춤 섰다. 부엌에서 엄마가 누군가랑 통화하는 소리가 새어나오고 있었다.

"난 진짜 몰랐어. 아무리 사정이 어렵다고 해도…… 다들…… 이제 어쩌지? 애들 보기 쪽팔리고 민망하고 부끄러워서…… 먼저 가신 분이야 그렇다 쳐도…… 난 애들한테 가장…… 근데 애란아! 여기서 더 큰 무슨 일이 터질까 봐 겁난다. 특히 총무가 고삐 풀린 망아지처럼 어떻게 날뛸지 몰라. 자칫 사고를 칠까 봐 두려워."

시간 전달자

애란이라면 항이 엄마였다. 엄마는 당장 내일이라도 친구들 모임을 해야 한다고 했다. 그리고 절대 이안이 아빠를 무슨 역모자로 몰아세워서는 안 된다고 했다. 항이 엄마도 같은 의견인 듯했다. 그러면서 엄마는 자책하듯이 당신에게도 책임이 크다고 했다.

"어쨌든 나도 돈 때문에…… 그래, 산이 매각되기를 가장 바란 사람은 나일지도 몰라. 그런데 누굴 욕하고 누굴 탓하고…… 그러니 총무랑 김 사장을 몰아붙이면 큰일나."

그렇게 한참 통화를 하던 엄마는 알았다면서 전화를 끊었다.

내가 다시 방으로 오자마자 휴대폰이 울렸다. 치상이 오빠였다.

"아재네 집에 불났다!"

나는 뭐라고 대꾸를 했는지 기억이 나지 않았고, 어느새 밖으로 뛰쳐나가고 있었다.

봄날보다 더 푹한 날씨가 기록적인 폭설로 덮인 세상을 단숨에 녹여버리겠다고 작정이라도 했는지 길이란 길은 눈 녹은 물로 넘쳐나고 있었다. 어느새 신발은 축축해지고 있었다.

털빛이 꾀죄죄한 것으로 보아 들개로 추정되는 누리끼리한 진돗개 잡종 한 마리가 뛰어가고 있었다. 나는 자동차를 보고는 아무런 느낌이 들지 않았으나 이상하게도 그 개가 부러웠다. 아무리 많은 흙탕물이 포진한 곳이라고 해도 녀석은 균형 잡힌 네 개의 발로 땅을 박차면서 마치 춤을 추듯이 달려가고 있었다. 순간 개가 되고 싶었다.

나는 마을 입구 편의점 앞에서 꼬꾸라지듯이 주저앉고야 말 았다.

다시 치상이 오빠한테 전화가 왔다.

"오빠, 아재는요?"

"아재는 지금 막 119에 실려가셨어."

더 이상 통화를 할 수가 없었다. 아재가 실려 있는 119 구급 차가 마을길을 빠져나오고 있었기 때문이다. 오늘따라 구급차 의 비상 사이렌 소리가 크고 날카롭게 들렸다.

나는 다시 뛰다가 거대한 용오름처럼 연기를 토해내고 있는 아재네 집이 보이자 갑자기 맥이 풀렸다. 멀리서도 그 집을 태 우고 있는 불길이 보였다.

소방차가 물을 쏟아내고 있는데도 어찌 된 영문인지 불길은 오히려 더 뜨겁게 타올랐다. 불길은 이미 벽이란 벽을 다 뜯어 먹은 상태였고, 그 안에서 꾸물거리면서 살아온 자잘한 살림살 이들을 먹어치우고 있었다.

친구들은 아재네 집 왼쪽에 우뚝 솟아오른 감나무 뒤쪽에 멀찌감치 떨어진 채 발을 동동 구르고 있었다.

주울이가 나를 보자마자 손을 꼭 잡아주었다. 그 손이 부르

시간 전달자

르 떨렸다.

아재네 집은 마을에서 가장 허름하면서도 작았다. 그런데 지금 이 순간에는 그 집이 거대한 동물 같은 존재로 보였다. 불길은 그 동물의 몸 구석구석을 씹어 먹고 있었다. 이제 그 집은 평생 몸을 지탱해온 뼈만 남은 상태였다. 그래도 그 거대한 동물은 쓰러지지 않고 지금까지 살아온 힘으로 버티어내고 있었다. 그 집이 몇 살이나 먹었는지 그걸 확인할 수는 없어도 마을에서 가장 나이가 들었으니까 아재보다는 훨씬 오래 살았을 것이다. 그렇다면 그 집에서 얼마나 많은 사람이 생을 시작하고 생을 마감했을까. 갑자기 그런 생각도 들었다. 어디 그뿐이랴. 그 집에서 제비와 굴뚝새를 비롯하여 개, 고양이, 쥐, 뱀 등 수많은 생명체가 살았을 것이다. 그러니 지금 불은 인간의 눈에 보이지 않는 것들까지 태우고 있을지도 모른다. 이를테면 그 집에서 살다간 수많은 사람의 시간들, 수많은 생명체의 시간까지도 태우고 있을 것이다. 그래서 저렇게 오래 타고 있으며, 이상한 냄새까지 나는 것이라고 생각했다.

갑자기 집을 지탱하고 있는 몇 개의 기둥들이 거의 동시에 쓰러졌다. 순간 나는 눈을 돌렸다.

우리는 돌아서서 걷고 있었다. 한참을 그렇게 걷다 보니 선생님의 무덤이 있었던 자작나무 숲에 와 있었다. 우리는 선생님의 무덤이 있었던 그 언덕배기가 바라다 보이는 숲으로 가서 나란히 앉았다. 치상이 오빠가 누군가랑 통화를 하고 나서 오른쪽 가장 끄트머리에 앉았다.

치상이 오빠는 길게 한숨을 내쉬고는 아재가 연기에 질식되어 폐가 많이 손상되기는 했지만 다행스럽게도 화상이 깊지 않다고 했다.

나는 대체 무슨 일이냐고 눈빛으로 치상이 오빠를 보면서 물었다.

"확실한 것은 몰라. 몇몇 사람들 이야기를 들어보니까 상황이 이래. 술 취한 총무가 고래고래 소리를 지르고, 집에서 살림이 부서지고 와장창 깨지는 소리가 나고 난리였대. 그러고는 집 안에서 시커먼 연기가 솟구쳤대."

"그럼 총무가 불을 지른 거야?"

치상이 오빠는 고개를 흔들었다.

"그건 몰라. 경찰이 조사하고 있으니까 밝혀지겠지. 총무는 불길이 치솟자 어디론가 달아났고, 소방대가 와서 아재를 구해냈어. 아재가 나오지 않으려고 하는 것을 소방대원 두 명이 간신히 끌고 나왔대."

우리는 멀리서 서서히 연기가 가라앉고 있는 아재네 집터를 바라다보았다. 한 사람의 살아온 시간이 사라지는 것도 그렇게 순간이었다.

갑자기 아재가 보고 싶었다. 아재는 모든 것을 다 잃어버렸

시간 전달자

다. 비록 나이가 어리지만 그런 사람의 눈빛을 위로해주고 싶었다. 그냥 얼굴을 보고 힘내시라고 웃어주고 싶었다.

우리가 병원에 도착했을 때는 문중의 여러 사람들이 숙모님이랑 휴게실에서 이야기를 하고 있었다. 숙모님은 카랑카랑한 목소리를 마구 토해냈다.

"여기까지 와줘서 고맙소만, 다들 그냥 돌아가주세요! 그 양반도 그러기를 원하시고! 지금은 쉬고 싶어 하니깐! 아이고오! 평생 나쁜 짓거리 한 번 하지 않고 살아온 양반인데, 어째 말년이 이렇게 험악한지 모르겠네! 이게 도대체 무슨 꼴인지 원. 이제 문중인지 산중인지 다 필요 없고 편안하게 살고 싶소. 그러니 제발 말 조심해주시고, 아이들 입단속도 잘 해주시고, 그리고 돌아가주시오들!"

그렇게 어른들이 숙모님한테 제지를 당했으니 우리는 감히 병실 근처에 얼쩡거릴 엄두도 내지 못했다. 우리는 터덜터덜 맥없이 병원을 나왔다.

네가 시간 전달자이지?

일주일이 지났다. 그동안 나는 번데기처럼 방 안에서 웅크리고 있었다. 엄마도 그런 나를 자극하지 않았다. 그 어떤 말을 해도 나는 부모님의 말을 들어줄 준비가 되어 있지 않았다. 나에게도 이 혼란스러운 시간을 판단하고 받아들을 수 있는 시간이 필요했다.

가끔씩 친구들이 전화를 해 여러 가지 소식을 전했다. 병원에 입원한 아재는 경찰 조사에서 집을 방화한 것이 자신이라는 점을 몇 번이나 밝힌 모양이다. 총무랑 싸우고 나서 홧김에 집에 불을 지른 것이라고. 물론 우리들은 그 말을 믿지 않았다.

교상이는 외삼촌이 돌연 미국으로 출국했다면서 유명한 사람이 무슨 문제만 터졌다 하면 외국으로 도망치는 이유를 이제

시간 전달자

알 것 같다고 했다. 이안이 아빠는 회사를 최종 부도 처리했고, 살고 있는 집도 팔렸다는 소식을 주울이가 전했다.

나는 그런 모든 시간의 흐름을 번데기처럼 웅크린 채로 감당했고, 어쩌면 나방이야말로 인간보다 지혜로운 생명체일지도 모른다는 생각도 했다. 나방은 애벌레로 살다가 생에 가장 화려한 비상을 앞두고 백일기도라도 하듯이 번데기가 된다. 그러니 나방은 화려하게 비상한 뒤에도 절대 인간들처럼 욕심을 부리거나 거짓된 행동을 하지 않는다. 인간도 일정한 단계를 지나갈 때마다 그런 식으로 번데기가 된다면 지금보다 더 행복하지 않을까.

그런 생각을 하다가 누군가의 전화를 받았다. 모르는 번호라서 얼마나 망설였는지도 모른다. 놀랍게도 아재의 목소리가 흘러나왔다.

"아재, 안녕하세요? 몸은 좀 어떠신지요?"

"아이고, 천식도 많이 좋아졌고…… 약이 좋기는 좋네. 걱정 마라. 오늘 퇴원했다."

아재는 우리들을 보고 싶었다고 했다.

"근데 니 전화번호를 어떻게 알았냐고? 오늘 퇴원할 때 빈새 니 엄마 차로 집에 왔거든. 내가 그런 뜻으로 말했더니 니 전화번호를 알려주더라."

나는 어디로 가냐고 물으면서 얼마나 더듬거렸는지 모른다.

아재네 집이 불에 타버렸다는 것이야 이 동네 개들도 아는 사실이기 때문이다. 아재는 걱정 말고 오라는 말만 했다.

나는 그 말을 듣자마자 친구들에게 연락했다. 모두 30분 안에 아재네 집 앞으로 모이기로 했다. 린애 언니만 멀리 있어서 참석이 불가능했고, 치상이 오빠까지 달려왔다.

어찌나 하늘이 맑은지, 눈에 보이는 저 푸르름이 왠지 거짓인 것만 같았다. 장군봉 우듬지에 있는 태양도 겨울바람의 눈치를 보면서 온기가 흐르는 햇살을 풀어내고 있었다. 그 햇살이 닿는 곳마다 작고 여린 풀들이 꿈틀거리고 있었다.

아재네 집 마당에는 컨테이너 하나가 놓여 있었다. 아재가 그곳에서 문을 열고 나왔다.

"자, 들어와라. 여기도 살 만한 집이다."

우리는 아재를 따라 안으로 들어갔다. 실내 구석에 옷걸이가 세 개나 서 있었고, 작은 탁자 위에 가스레인지와 몇 개의 식기들이 놓여 있었다. 작은 텔레비전도 보였다.

아재가 잠깐 밖으로 나갔을 때, 순간적으로 우리의 눈길이 하나의 정점을 이루면서 모였다가 흩어졌다. 나는 그냥 히히히 웃고야 말았지만 다들 여기저기 기웃거리고 있다는 것을 알았다. 괜히 이상한 짓 하지 말라고 속삭이는 목소리도 들렸다.

"아재가 시간 전달자라면, 그렇게 소중한 물건을 아무 데나

두고 다니겠냐?"

주울이 목소리 같았다. 아재가 들어오자 우리는 아무 짓도
안 한 것처럼 더 크게 히히덕거렸다.

"자, 배고플 텐데…… 실은 내가 어디 식당에서 만나자고 할
까 하다가 그냥 여기서 짜장면이나 시켜 먹으면 어떨까 하고
말았는데…… 어떠냐?"

"좋아요!"

대표로 교상이가 소리쳤고, 나머지 사람들은 박수를 쳤다.
그런 다음 역시 대표로 교상이가 중화 요릿집에 전화를 걸어서
음식을 주문했다.

"허허허, 더 맛있는 걸 사주지 못해서 미안하구나. 그건 내가
집을 짓고 나서 집들이할 적에 그때 맛있는 걸 사주마."

"아재, 집을 지을 거예요?"

누군가 그렇게 물었다.

아재가 몸을 좌우로 흔들면서 대답했다.

"아이고, 가래가 없으니 살겠네. 그래도 버릇이 되어서……
어험! 집이 타버렸으니 어서 지어야지. 봄이 되면 집을 지을 생
각이다. 내가 직접 흙을 이겨서, 나만의 방식으로 집을 지어서,
아들한테 물려주고 싶구나. 지금 마을에 들어서고 있는 전원주
택하고는 전혀 다를 것이다. 외지인들이 짓는 전원주택이라는
것이 실상은 자연을 파괴하고 짓는 집이잖아? 산이나 논밭을

밀어내고 집을 지은 다음, 정원에다 비싼 소나무 몇 그루 심는 것이 전원주택 아니냐? 난 배우지 못했다만, 내가 건축을 공부했다면 그런 집을 전원주택이라고 하지 않을 것이다. 난, 나만의 방식으로 집을 지을 것이다."

"와아, 봄이 기다려져요. 아재네 옛날 집처럼 마당에는 채송화가 많이 피었으면 좋겠어요."

"어허! 당연히 그래야지. 그 채송화는 비록 한해살이지만 칠십 년이 넘도록 우리 집 토방에서 살았단다. 영원하다는 것은 혼자서 오래 사는 것이 아니라 그렇게 채송화들처럼 자기들이 살아온 시간을 다음 세대에게 잘 전달해준다는 뜻이야."

그 말을 듣는 순간 아재네 마당에서 살았던 채송화부터 숲에 있는 온갖 나무들 그리고 부모님을 비롯하여 수많은 얼굴들이 떠올랐다.

바깥에서 "짜장면이요!" 하는 소리가 들렸다. 오늘따라 그 소리가 크게 들렸다. 그만큼 배가 고팠는지도 모른다. 요즘 들어 이렇게 배고픔을 느껴본 적이 없어서 그랬는지 몰라도 짜장면 한 그릇이 부족했다. 그런 아쉬움이 모두의 눈빛에 고스란히 남아 있었다.

어슬녘이라 그런지 바람의 서슬이 제법 사납다. 그래도 봄은 우리가 걸어가는 길가에서 머지않아 꼬무락거릴 것이다.

시간 전달자

치상이 오빠가 내 옆으로 와서 혼잣말에 가깝게 속삭였다.

"너지? 사실 아재가 각서를 찾을 때 나랑 같이 있었거든. 그러니까 동산마을 대표랑 교수, 총무, 이안이 아빠가 모의하고, 각서 쓰는 장면을 같이 본 거야. 시간 전달자가 나랑 아재한테 결정적인 시간을 전달한 거지. 그래서 총무가 자기 차 안에다 그 각서를 감추는 것까지 보게 한 거야. 아재는 현실로 돌아오자마자 총무의 차 안에서 그 각서부터 찾아냈어. 그러면서 이 일이 마무리될 때까지 비밀로 해달라고 했어. 사실 난 그동안 항이나 아재를 유력한 시간 전달자로 지목했는데, 그게 아니라는 것을 알았어. 그치?"

나는 그냥 헤헤헤 웃어버렸다. 나 역시 시간 전달자에 대해서 할 말이 있었지만 나중에, 그것이 언제가 될지는 모르겠지만 반드시 이야기할 기회가 있을 것이라고 생각했다. 그러다가 거대한 동물의 비늘 같은 자작나무숲을 보면서 은연중에 흥얼거리기 시작했다.

"오빠, 난 남친이 생기면 가장 먼저 여기 데려올 거예요. 그러고 싶어요. 헤헤헤, 여긴 우리들만의 진짜 특별한 곳이잖아요……."

『시간 전달자』
창작 노트

내 영원한 시간 전달자인 아이야! 고등학교에 입학하자마자 불안증과
난독증으로 학교생활이 거의 불가능했으며, 자살까지 생각했던 아이야!
잘 버티어준 아이야, 고맙다!

시간 전달자

．．．．

어떤 시간 전달자가 나한테 잊어버린 시간을 전달해주었다.

—이 소설 속 산불 이야기는 실제로 작가가 겪은 어린 시절 이야기입니다. 이상권 작가를 비롯하여 우리 친구들은 봄날 내내 까맣게 타버린 동산을 비질하고, 어린 나무를 심고, 여름내 물을 주었고, 그 주변 풀을 베었고, 지지대를 해주었습니다. 그러면서 작가는 수백 가지의 풀과 나무, 역시 수백 가지도 넘는 동물에 대해서 알게 된 겁니다. 그가 생태에 대해서 글을 많이 쓰게 된 것도 그런 시간 때문이지요.

돌이켜보니 내가 살아온 그런 시간이 그저 고마울 뿐이다.

나는 우리 아이들에게 그런 시간을 전달해줄 수 있을까?
이 소설의 시작은 그렇게 시작되었다.

또 다른 시간 전달자가 있었다.

—내가 중학교 2학년 때였는데, 직업탐구라는 학교 과제가
있었어요. 난 작가에 대해서 관심이 있었고, 누군가의 소개로
알게 된 이상권 선생님을 찾아간 거지요. 선생님네 마당에서
친구들이랑 인터뷰하고 일어나려는데, "조금만. 내가 전철역까
지 바래다줄 테니까 걱정 말고." 하고 자꾸 우리를 잡는 거예
요. 근사한 숲을 보여주겠다고 하시면서요. 그래서 불도 피우
고 놀다가 어둠이 내리자, 선생님을 따라 캄캄한 길을 따라갔
어요. 근데 앞서가던 선생님이 갑자기 멈춰서면서 당황하시더
라고요. "이럴 수가! 불과 며칠 전까지만 해도 여긴 엄청난 숲
이었고 반딧불이가 바글바글했는데, 그걸 보여주려고 너희들
을 붙잡고 기다린 것인데……." 그제야 우리도 나무가 베어지
고 숲이 파헤쳐졌다는 것을 알았지요. 누군가가 말했어요. "선
생님, 독일 같은 나라에서는 나무 하나 자를 때도 함부로 할 수
없다고 하던데요?" 선생님은 우리 앞에서 숙제 안 해온 아이처
럼 쩔쩔 매시더라고요. 그리곤 한참 뒤에서야 "에구, 미안하다!
어른들이 산다는 것이 이렇단다. 에구구! 근데 내가 언젠가는

저 사라진 숲에 대한 이야기를 소설로 써서 너희들에게 보여줄게." 하고 말씀하셨지요.

그러니까 이 소설이 나오게 된 것은 그 아이들 때문이고, 부끄러운 어른들의 시간을 후손들에게 사진처럼 보여주고 싶었다.

시간이란 누군가의 삶이며 역사다. 나는 십여 년 전에 서울을 벗어나 경기도 용인 광교산 자락으로 이사를 했는데, 불행하게도 숲이 사라지는 것이 일상적인 풍경이 되어버린 곳이었다. 나는 그런 풍경들을 보면서 너무도 많은 시간이 사라지고 있다고 생각했다. 오직 인간들만이 살기 위해서 사라져가는 숲의 시간들. 정말 헤아릴 수 없이 많은 생명체들이 살아가는 시간은 그렇게 단 몇 시간 만에 사라져버린다.

그것을 보면서 늘, 시간 전달자를 생각했다.

누군가 저 숲이 지나온 숱한 시간을 전달해주면 얼마나 좋을까.

그런 생각을 하면서 이 소설을 정리할 수 있었다.

─근데 이 소설 속에 나오는 시간 전달자는 누군가요? 항이? 아재? 아니면 빈새?

그걸 궁금해하는 사람들이 많아서, 소설에서 공개하지 않은 비밀을 공개하겠다.

　1월의 마지막을 하루 앞둔 날이었다. 단발머리의 아주 작은 아이가, 눈부시게 하얀 옷을 입은 어떤 아이가, 빈새네 집 초인종을 눌렀다. 빈새하고 마주친 그 아이는 머루알처럼 까만 눈을 굴리면서 "네가 빈새지?" 하고 물었다. 빈새는 "응" 하고 대답하면서도 이상하다고 생각했다. 기껏해야 다섯 살 혹은 여섯 살쯤 되어 보이는 아이가 반말을 했기 때문이다. 그런데도 뭐라고 말할 수가 없었다. "이거, 어떤 할머니가 너한테 전해주래." 아이는 그리고 돌아섰는데, 그 뒷모습이 꼭 토끼가 두 발로 걸어가는 것만 같았다.

　아이는 빈새가 "야아, 잠깐만 서봐!" 하고 소리치는데도 뒤돌아보지 않았고, 다시 부르려고 하자 이미 사라져버린 뒤였다.

　빈새가 방으로 돌아와서 자작나무 껍질을 펼치자 익숙한 목소리가 흘러나왔다. 그것은 선생님이 보낸 편지였다. 선생님 특유의 필체가 자작나무 껍질에 새겨져 있었다.

　사랑하는 빈새에게.

　빈새야, 잘 지내고 있지? 친구들도 다 잘 있고. 나도 잘 있으니까, 너무 걱정 말고 너희들이 밝게, 더 밝게 살아갔으면 좋겠다.

그리고 아래에 그려진 그림을 너한테 전하는 이유는, 빈새 네가 친구들 중에서 가장 화분을 좋아하기 때문이란다. 오직 그것 때문에 너한테 이 마법의 화분을 전달하는 거야.

빈새는 거기까지 읽고 구불구불 접혀진 자작나무 편지를 펼쳐서 맨 아래쪽에 그려진 화분 그림을 보았다.

빈새야, 그러니까 이제부터는 네가 시간 전달자가 되는 셈인데, 뭐 크게 부담가질 필요는 없어. 그 화분에는 너희 친구들이 주물럭거렸던 흙이 들어 있어서, 모두의 생각이 다 통하거든.

이미 너희들은 엄청난 기적을 일으키고 있잖아.

이미 너희들은 시간 전달자가 전해주는 시간을 잘 받아들이고 있잖아.

그건 너희들이 원해서 그렇게 된 거란다. 누군가 문중 어른들의 과거가 궁금하다고 생각하면 그 화분이 너희들을 그런 시간 속으로 들어가게 하는 거란다. 빈새, 너도 그런 적이 있잖아. 상사 할아버지가 왜 북향에다 응달진 그곳에 묻히고 싶어 했는지 알고 싶어 했잖아. 그걸 알면 뭔가 비밀의 문이 열릴 것 같다고 생각하면서. 그러자 그분의 시간이 너희들에게 전달된 것이지. 이제 알겠니?

그러니까 시간 전달자는 너 하나인 것 같지만 실은 네 친구들 모두가 시간 전달자인 셈이야. 다만 어떤 경우라도 이 화분을 잃어버리면 안 된단다. 나중에 네가 나이가 들어서 누군가에게 시간 전달자를 물려줄 때가 되면, 이 화분이 사라지고 새로운 물건으로 변하게 될 거야.

나 역시 상사할아버지한테 요술부채를 물려받았는데, 신기하게도 그것이 작은 화분으로 변해가더구나. 그래서 그 화분을 그린 거란다. 너도 그렇게 될 거야.

빈새가 거기까지 읽고 잠깐 고개를 들었더니, 세상에나 책상에 화분 하나가 놓여 있었다. 흙으로 만들어진 화분이었는데, 작은 선인장이 노란 꽃을 피우고 있었다.

빈새야, 나는 너희들이 부르는 노래 속에도 있고, 공기 속에도 있고, 햇살, 바람, 땅 그 어디에서나 흘러 다니고 있으니까, 선생님 보고 싶으면 언제든지 불러라. 그럼 내 목소리가 들릴 거야.

자, 그럼 안녕! 우린 어디선가 또 만날 거야!

오늘은 바람이 되어
빈새랑, 향이, 주울이, 교상이, 이안이를 만나고 온 날,
너희들이랑 같이했던 그 아름다운 시간을
늘 생각하고 있는 유진하 선생님이.

어쩌면 한때 같은 시간을 살았던 우리집 개랑 토끼, 닭, 소 같은 친구들이 바람이 되어 찾아올 것 같은 어느 날, 또 다른 시간 전달자를 기다리면서 이상권이 마무리하다.

시간 전달자

ⓒ 이상권, 2020

초판 1쇄 발행일 | 2020년 5월 20일
초판 4쇄 발행일 | 2023년 11월 5일

지은이 | 이상권
펴낸이 | 사태희
편   집 | 유관의
디자인 | 권수정
마케팅 | 장민영
제   작 | 이승욱 이대성

펴낸곳 | (주)특별한서재
출판등록 | 제2018-000085호
주 소 | 서울시 금천구 가산디지털2로 101 한라원앤원타워 B동 1503호
전 화 | 02-3273-7878
팩 스 | 0505-832-0042
e-mail | specialbooks@naver.com
ISBN | 979-11-88912-76-6 (43810)